あさばみゆき
絵／市井《いちい》あさ
いみちぇん!!
【意味チェンジ!!】
廻《かい》
一．藤原《ふじわら》りんね、主《あるじ》になります！
KADOKAWA

装画・挿絵／市井あさ
ブックデザイン／しおざわりな（ムシカゴグラフィクス）

部室の窓を閉めようとした体勢のまま、わたしはその場に凍《こお》りついた。

下の通りに、あれがいる。

「りんね、そっち終わった？　帰るよー」

「う、うん」

ドアの向こうから顔を出したみんなに、あわててうなずく。

もう一度、通学路を覗《のぞ》き込んでみたけど、やっぱり。

薄黒《うすぐろ》い闇《やみ》をまとった生き物が、道ばたにうずくまってる。

――悪いもの、だ。

外でだれか、ケンカでもしてたのかな。あれは人間の悪い言葉に引き寄せられて、集まってくるから。

ごくっと喉《のど》を鳴らして見つめてたら、また「りんねー？」って呼ばれちゃった。

わたしは窓のカギを下ろし、シャッとカーテンを閉めた。

「ねぇ、今日はクレープ屋さんに寄って帰ろ」

「おー、いいね。りんねから寄り道しようなんて、めずらしいじゃん」

「冬の限定クレープ、まだ食べてなかったもん」

待っててくれた三人と廊下《ろうか》を歩きながら、わたしはおでこの冷や汗《あせ》を、こっそりとぬぐった。

ああいうのに鉢合《はちあ》わせるワケにはいかないんだ。

わたしは今、悪いものと戦うことはできないんだから。

目次

1 文化体験会とハチミツくん 8
2 幼なじみの「彼」 42
3 悪いもの 72
4 はじめてのお役目 101
5 わたしのパートナー 126

6 壊れゆく「ふつう」 140

7 二人だけの世界 165

8 想いのままに 191

9 新しい毎日へ 220

あとがき 238

人物紹介

藤《ふじ》原《わら》りんね

書道がシュミ。
ふつうじゃないもの
が見える。

八《や》上《がみ》ミツ

りんねのクラスメイト。
人間が嫌い。

矢《や》神《がみ》 樹《いつき》

りんねの幼なじみの
お兄さん。

今《いま》村《むら》玲《れ》連《れん》

りんねの友達。
淡々としていて
クール。

安《あ》室《むろ》 桜《さくら》

りんねの友達。
おっとりしていて
優しい。

入《いり》江《え》アキ

りんねの友達。
明るくて
面倒見がいい。

いみちぇんってなに？

「いみちぇん」＝「意味・チェンジ」

マガツ鬼が黒札に書いてきた漢字をもとに、
漢字のパーツを変えたり足したりして、別の意味の漢字にする。

ミコトバヅカイの
武器
御筆・千花
蜂
「蜂」から
「虫」だけ残して、
「枼」を書き入れると
「蝶」に変身
BOMB!
蝶

ちぃくん

藤原千方《ちーちゃん》の魂を
宿した、りんねの弟。

矢神《やがみ》 依《より》

りんねの幼なじみで、
樹の双子の姉。

佐和田《さわだ》万宙《まひろ》

りんねの友達。
元・書道部。

直毘《なおび》モモ

元・書道部部長の
ミコトバヅカイ。

矢神《やがみ》 匠《たくみ》

樹の兄。モモの
パートナーの文房師。

1 文化体験会とハチミツくん

小学生の頃《ころ》は、〝フシギちゃん〟っていうあだ名だった。

今、中学生になったわたし、藤原《ふじわら》りんねは、〝天使〟って呼ばれてる。

くせっ毛の長い髪《かみ》が、収まりつかずにふくらんじゃうのとか、背が平均にかすりもしなくて、ちっちゃいのとか、反応がニブくて、みんなから一拍《いっぱく》遅《おく》れちゃうところとか。

そういうのが、〝天使〟っぽいんだって。

でもきっと、その〝天使〟っていう言葉には、〝フシギちゃん〟と同じに、みんなからちょっと浮《う》いてて、なんかちょっとちがう——っていう意味があるんだと思う。


そしてわたしは、本当にちがう。

だから〝天使〟って言われるたびに、ヒヤッとする。なんにも知らないはずの子たちにまで、それが透《す》けて見えてるんじゃないかって。

「りんね、また花丸もらえてたねー。さすが、次の書道部部長！」

「わ、わたしには部長なんて無理だよ。初等部の時と同じで、またアキが部長に決まってる」

肩《かた》をたたかれて、わたしは身をすくめた。

五時間目の習字が終わったところで、教室はにぎやかだ。

みんなは筆をそのまま持って帰るけど、わたしたち書道部のメンバーは、廊下《ろうか》の水道へすぐ洗いに行く。墨《すみ》がついたまま固まると、穂先《ほさき》が割れちゃったりするから。

書道部四人組で、流しに横並びになって、筆の墨を洗い落とす。

アキを中心に集まったわたしたちは、ひふみ学園の初等部から、いつも一緒《いっしょ》のメンバーだ。

「でも、ぶっちぎりで上手なのは、りんねじゃんさ」

明るく笑うのは、面倒見《めんどうみ》がよくってアクティブなアキ。

「アキちゃんが部長になったら、いーっぱい予算をぶんどって来てくれそぉだけどねー」

ほんわかおっとり乙女《おとめ》な桜《さくら》。

「気が早くない？　わたしたち、まだ一年なんだけど」

そしてクールで淡々《たんたん》としてる玲連《れれん》。

中等部一年生になった今年は、なんと全員同じクラスになれて、「おはよう」から「さようなら」まで、ほんとにず～っと一緒なんだ。

三人のにぎやかなやりとりを聞きながら、わたしは手もとのほうに夢中だ。毛が傷《いた》まないよう、ごしごしせずに、根もとから、優《やさ》しく、丁寧《ていねい》にもみ洗い。

大事な筆のメンテナンスに集中してたら、アキが大きなタメ息をついた。

「あっ、そういえばこのあと掃除《そうじ》じゃん。やだなー」

「掃除の時、なにかあるの？」

首をかしげるわたしに、アキは深々とうなずく。

「ヤガミの話だよ。うち、あいつのこと苦手ぇ」

「えっ」

――ヤガミ。

アキの口から出てきた名前に、手がすべって、大事な筆を吹《ふ》っ飛ばしちゃった！

流しに転がっていく宝物を、玲連が笑って拾ってくれる。

「りんね、落ち着きなって。アキが言ってるのは、うちのクラスメイトのほうだよ」

「そうそう。りんねちゃんの〝初恋《はつこい》のお兄ちゃん〟の矢神さんじゃないってばぁ」

桜もうふっと笑い、玲連からパスされた筆を、わたしまでリレーしてくれる。

「そ、そっか。ハ、ハ、ハ、チミツくんのほうの話かぁ」

手もとにもどってきた筆にホッとしつつ、わたしはギクシャクうなずいた。

みんなとわたしが思い浮かべたのは、別の人だったみたい。

アキの話は、クラスメイトの「八上《やがみ》ミツくん」。彼は苗字《みようじ》の「八《はち》」と下の名前をつなげると、「ハチミツ」になる。だからみんな、ひそかに「ハチミツ」って呼んでるんだ。

わたしが頭に浮かべたのは、幼なじみのお兄ちゃんの「矢神《やがみ》さん」。

でも、その「矢神さん」に〝初恋〟っていうのも、誤解なんだけどなぁ。

アキは周りをうかがいながら、ナイショ話をするように、口の横に手をそえた。

「今週、ハチミツと掃除の班が一緒なんだよね。あいつって話しかけても無視だし、しまいに、にらんでくるでしょ？　こっちが気をつかって、話しかけてやってんのにさーぁ」

「顔はかわいいのにもったいないよなー。桜なんて、顔にだまされて告白して、秒でフラれたし。『オレ、人間が嫌《きら》い』だっけ？　ね、桜」

玲連にヒジで小突《こづ》かれた桜は、みるみる顔を赤く染める。

「りんねちゃぁん、二人が黒歴史を蒸《む》し返してくる～！　桜は、その件はスッパリ忘れたのっ。あの人、全然ハチミツじゃなかったんだもんっ。もう、キライだから！」

桜がわたしの腕《うで》に抱《だ》きついて、玲連たちにほっぺたをふくらませてみせる。

わたしは笑いながら、こっそり微妙《びみよう》な角度で顔を背《そむ》けた。

彼女たちの口から噴《ふ》き出す、〝黒い煙《けむり》〟にムセないように。

「どうかした？」

不審《ふしん》がられちゃった？　わたしは息を止めたまま、唇《くちびる》だけで笑って、首を左右にふってみせる。

桜はちょっとふしぎそうな顔をしたけど、また玲連とアキとやり合い始めた。

わたしは筆の水気をふきながら教室へもどり、窓ぎわの、ウワサの「彼」の席に目をやった。

いつも休み時間になるなりどこかへ行っちゃうから、今も席は空っぽだ。

わたしが彼について知ってるのは、よく動物の写真集を開いてるから、動物が好きなのかなぁっていうことくらい。

いつも、いるのかいないのか分からないほど気配を消して、ただ外を眺《なが》めてる、ふしぎな人だ。

その彼の席の向こうを、カラスが一羽、屋上のほうへ飛んでいく。

桜たちもワイワイと教室にもどって来た。まだ、三人の顔の周りに、黒い煙がわだかまってる。

わたしは片づけに一生懸命《いっしょうけんめい》なフリをしながら、彼女たちから目をそらす。

……あの煙は、みんなには見えてないんだって。

だれかが悪口を言うたび、ウソをつくたびに口から煙が噴き出してくるのを、わたしは生まれた時から、ずっと当たり前に見てきた。

ウワサ話で教室が盛り上がってる時なんて、煙が充満《じゅうまん》して、人の顔もわからないくらいになっちゃう。

みんなはよく平気だなと思ってたら、ふつうはこんなの見えなくて、苦しくもならないらしいんだ。

……なのに、昔のわたしは、そういうのがピンと来ないまま、平気でそういう話をしちゃってた。

アキたちに〝フシギちゃん〟のアダ名をつけられたのは、それがきっかけだ。

三人にからかわれて、わたしはみんなとちがうんだと、やっと初めて実感して。すごく……ショックだった。

——でも、今はあの頃より、ずっとうまくやれてるもんっ。

アキがだれにでもフランクで、ぐいぐい輪を広げてくれるおかげで、一人じゃ話しかけられないようなツヨツヨな女子たちも、外部から入ってきたコたちも、彼女のついでに仲良くしてくれる。

だから、実はわたしが人見知りなことすら、気づいてないコが多いかもしれない。

わたしの趣味《しゅみ》が書道と漢字でも、それを理由に〝変わってるコ〟とは思われてない……と思うし。

特に内部進学の人は、みんなのあこがれてたセンパイが書道部部長で、漢字にくわしいことで有名だったから、書道や漢字好きに、〝陰《いん》キャ〟なイメージはないんだ。

友達やセンパイのおかげで、今のわたしは、すごく平和な毎日を過ごせてる。

わたしがもたもた机の書道バッグを片づけてると、とっくに自由になった三人が集まってきた。

話題も「この後の学活、なにやるんだっけ」って、当たり障《さわ》りのない内容になってる。

わたしはホッとして、アキたちの話題に加わった。

「学活は、文化体験会のお手伝い係を決めるって言ってたよ？　もう来週なのに、立候補がいないから、クジ引きするんだって」

「あー。だって、係は講師に来てくれた人のサポートで、つきっきりになっちゃうんでしょ？　せっかくなら、自分も体験したいもんなぁ」

「そうだよね。今年の体験は、どんなのかな。去年は、ピアニストとかバスケ選手とか、アニメを作ってる人も来てた？」

首をひねると、玲連が真顔になった。

「そういうエンタメ系もありなんだ？　どうせなら、動画実況者《じっきょう》がいいな」

ふだんクールな彼女が目を輝《かがや》かせるのは、自分の趣味が話題の時だ。

桜とアキは顔を見合わせる。

「でもォ、玲連が好きなのって、オカルト動画でしょ？　都市伝説とか幽霊《ゆうれい》の検証とかぁ」

「さすがに、そっち系の実況者は来ないっしょ」

「わかんないじゃん。もし来てくれたら、三人も強制的にその講座に参加だから」

ええ～っとみんなで悲鳴を上げる。

彼女はフフフと妖《あや》しく笑ってみせながら、推《お》し実況者がプロデュースした、パワーストーンつきお守りブレスレットを、愛《いと》しげになでる。

わたしもつられて、口角が持ち上がった。

いつものなんて事ない、平和なやりとり。

三人の笑顔《えがお》を眺めてると、なんだかすごく安心する。

「どしたの、りんね。ふにゃふにゃ笑って」

「毎日楽しいなって。その……、みんなに、ありがとうって思ってたの」

考えてた事をそのまま口にすると、三人は目を瞬《またた》かせた。

それから一斉《いっせい》に、わたしの頭をぐしゃぐしゃっとなでてくる！

「うわあっ⁉」

「りんねちゃん、なに言ってんのぉ。今さら改めてぇ」

「りんねはホンットに〝天使〟だな」

つむじにアキのアゴがのっかってきて、ぐりぐりぐりぐり。

「あぁ～、癒《い》やされる」

「こら、アキ。りんねが潰《つぶ》れて、よけいにちっちゃくなっちゃうだろ」

「な、ならないよ。煮干《にぼ》しいっぱい食べてるもん。玲連にだって追いつくからねっ」

口をとがらせてみせながら、わたしはまた笑っちゃう。

みんなも笑ってる。

このままずっと、こんな中学生活が続いてくれたらいいなぁ。

彼女たちが当たり前にそばにいてくれるから、わたしは、毎日安心して学校に通えてる。

……でもね。ごめんね。

わたしホントは、〝フシギちゃん〟の根っこは、なんにも変わってない。

あいかわらず、ふつうじゃないものが見えたり、わかったりしてしまう。だけど、わざわざみんなを怖《こわ》がらせたり、不気味に思われるような話は、絶対にしないって決めてるんだ。

〝フシギちゃん〟より、〝天使〟のほうがずっといいもん。

けど、今がすごく平和だからこそ、次の一歩先で、ストンッと谷底に落っこちるかも……なんて、そんな気がしてる。

気をつけて、しっかりふつうでいないと。

すごくうまくいっていて、楽しい日々のはずなのに、——なんだか毎日、綱渡《つなわた》りしてるみたいだ。


「わっ。当たっちゃった」

すぐ後ろの席から、桜の小さな悲鳴が聞こえた。

箱から引いたクジに☆マークがついてたら、お手伝い係に決定。わたしは自分のが白紙で、ホッとしたタイミングだった。

「当たった二人、だれですか～？　手を挙げてくださーい」

学級委員長の呼びかけに、みんなワイワイしながら教室を見回す。

「——オレ」

ボリュームは小さいのに、スッと通って響《ひび》く、高めの声。窓ぎわの一番後ろの席からだ。

わたしは教壇《きょうだん》の真ん前の席から振《ふ》り向いて、思わず口を手で覆《おお》った。そして桜も凍《こお》りつく。

手を挙げたのは、なんとハチミツくんだった。

よ、よりにもよって、桜と彼が、セットでお手伝い係になっちゃったの……っ？

ハチミツくんはきれいでかわいい感じの顔立ちだし、背がクラスの男子のなかで一番ちっちゃくて、「前へならえ」の整列のときには、いつもわたしのとなりで腰《こし》に手を当ててる。

そんな見た目と「ハチミツ」のあだ名が、すごく合ってるんだけど……。

性格はハチミツっていうより、むしろハチのほう。クラスで完全に浮いてる——ってより、自分で浮くことを選んでるタイプなんだ。

桜はそうと知らずに彼に告白して、みごとに断られちゃった。もう半年以上経《た》つけど、その時の失恋《しつれん》の傷は、まだ癒えてないみたい。

でもハチミツくん、告白してきた相手を、「他《ほか》に好きな子がいる」とか「恋愛に興味がない」とかじゃなくって、「人間が嫌い」ってフッたっていうか

くなった。

始業式の頃は女子に騒《さわ》がれてたけど、あまりにも取り付く島がなさすぎて、今はもう、だれもカラまなくなった。

仲間ハズレにしてるとかじゃなくて、ただ、本人がメーワクそうだから。

ふつうでいなきゃって必死なわたしには、彼が、わざとみんなから浮くような態度を取れちゃうのが、スゴイっていうか、どうしてそんな風にいられるんだろうって、ふしぎなんだ。

「どうしよう……」

桜は震《ふる》えながら、自分のクジをくしゃっと畳《たた》む。

自分を木っ端《こば》みじんにフッた相手と、二人で丸一日一緒なんて、気マズすぎるよね。

わたしは二人を急いで見比べた。

ハチミツくんのほうは、みんなの視線をさけて、窓のほうに顔を背けてる。

「もう一人はだぁれ〜?」

委員長の視線がクラスをめぐる。桜の顔色がみるみる白くなっていく。みんなも周囲をキョロキョロし始めた。教室の空気が硬《かた》くなる。

桜の泣き出しそうな瞳《ひとみ》と、視線がぶつかった瞬間《しゅんかん》。

──りんねはホンットに〝天使〟だな。

ついさっきのアキの声が、耳によみがえった。

わたしはパッと、桜の手からクジを取る。

「わっ、わたしですっ」

手を挙げたものの、わたしの声は、ざわざわするみんなの声に埋《う》もれちゃって、届いてない。

「り、りんねちゃんっ。いいよ、悪いよぉ！」

「ううん。わたしはたぶん、ハチミツくんに顔も覚えられてないもん。大丈夫《だいじょうぶ》だよ」

わたしは自分から男子に話しかけに行くほうじゃない。そのうえ相手はハチなハチミツくんだから、もうこのクラスも終わりに近いのに、ほぼ初対面状態。

だから好かれてもいないけど、たぶん、特に嫌われてるってこともないはず。

桜は「ほんとにいいのに……」って小さくつぶやいたけど、わたしは首を横にふった。

わたしが代わるだけで丸く収まるなら、迷う事ない。桜もみんなもホッとするなら、そのほうがいい。

クジを取りもどそうとする桜の手をよけて、今度こそ、めいっぱいに腕を伸《の》ばした。

「わたし、藤原ですっ！」

「あ、りんねちゃんなの?」

さっきよりは声が通って、やっと気がついてもらえた。

委員長は、そっぽを向いたままのハチミツくんとわたしを、交互《こうご》に眺める。

——そして、「まぁ、〝天使〟とペアなら大丈夫か」って、だれにともなくつぶやいた。

放課後はさっそく、文化体験会の説明会だ。

桜は「ありがとぉ〜〜」って涙目《なみだめ》。アキは「あいつ、マジでムカつくから、なんかあったら言って」って。掃除の時間にまた無視されて、さらにアンチになっちゃったみたい。

そんな話をしてる間に、当の本人のハチミツくんが、教室からいなくなってた。

もしかして帰っちゃったのかなって思ったんだけど、説明会の教室に行ったら、すでに一人で座ってた。

実は意外とマジメ？

考えてみたら、掃除もサボらないでちゃんと来てはいるんだもんね。

「藤原さんも係なんだぁっ。よろしくねー。席は、クラスごとに座ってだって」

となりのクラスの女子に声をかけられて、わたしはぺこりと頭を下げる。

「あ、はいっ。よろしくお願いします……」

ハチミツくんは窓ぎわが好きみたいで、クラスの教室と同じ、一番奥の席を陣取《じんど》ってる。

頬《ほお》づえをついて、なにを見つめてるんだろう。

わたしは戸口に立ったまま、彼の視線の先を追って――、どきんっと心臓が跳《は》ねた。

カラスだ。

窓の向こう、裏庭の枯《か》れ木の枝に、カラスが一羽とまってる。ハチミツくんは、そのカラスと見つめ合ってるんだ。

……幼稚園《ようちえん》生だった頃のわたしには、ふしぎな友達がいた。

〝おっきなトリさん〟とか〝カラスさん〟って呼んでた、人間の何倍も大きな、人の言葉を話すカラスだ。

でも今、外にとまってるカラスは、わたしのカラスさんとはちがうコだし、そもそも他の人は、カラスとおしゃべりなんて、おかしな事はしない。

わたしはブルルッと首を振り、連鎖《れんさ》して浮かび上がってくる想《おも》い出を、また胸の底まで沈《しず》めなおす。

その時だ。

八上くんがカラスを見つめたまま、唇の両端《りょうはし》を持ち上げて、かすかに――笑った。

わたしはその場に立ち尽《つ》くし、急に優しくなった横顔に見入る。

あの人、あんな優しい顔もするんだ……。

もしかしてカラスが好きなのかな？　動物が好きっぽいのは知ってたけど、カラスもだったらうれしいな。カラスを好きなコって、あんまり聞いた事がないんだもん。

話しかけようと思ったこともなかったのに、急に親近感が湧《わ》いてきちゃった。

このチャンスに、勇気を出して話しかけてみようかな。

そう考えて、足を踏《ふ》み出した時、
どんっ。

いきなり後ろから背中を押され、わたしは戸口から吹っ飛ばされた！

「あっ、藤原さんっ⁉　ごめん、ちっちゃくて気づかなかった」

「だ、大丈夫ですっ。こっちこそごめんなさい。あの、ちっちゃくて」

出入り口でボーッとしてたわたしが悪い。

ぶつかった男子は、「自分でちっちゃいって言っちゃった」と、笑いながら通り過ぎて行く。

そんなやりとりに、ハチミツくんがこっちをふり返った。彼とばちっと視線がぶつかる。

ちゃんと目が合ったのは、今が初めてかもしれない。

丸いおでこに、ちんまりした鼻と口。大きな目は、ちょっと驚いたふうに見開いてる。女子みたいにかわいい顔の作りだ。

ぱちぱち瞬きする仕草もかわいく見えて、ほんとにハチミツが似合いそう……！　なんて、今さら感動しちゃった。

でも、彼は「同じクラスの女子が転びかけただけ」とわかって、また窓に首をもどしちゃう。

そのまま、それきり。

わたしはおっかなびっくり近づいた。

「あの……、ハ、」

危《あや》うく「ハチミツくん」って呼びそうになっちゃった。

「――ハ？」

振り向いた彼は、眉間《みけん》にすんごいシワが寄ってるっ。

まさか、あのフザけた呼び方をするんじゃないだろうなって、「ハ」の一音だけで、全部伝わってきます！

わたしはギシッと凍りつくも、「仲良くしたいです」の印に、あわてて笑顔を作った。

そして、だれもこっちを気にしてないのを確認《かくにん》してから、となりの席に腰を下ろした。

「あの、変な事を聞いてごめんなさい……。もしかして、カラスが好きだったりしますか？」

同級生相手なのに、緊張《きんちょう》すると、つい敬語になっちゃう。こういうトコも、浮いて見えちゃう原因なのかなって思うんだけど、なかなか直らないや。

そしてハチミツくんは、首を外に向けたまま、沈黙《ちんもく》。

「さ、さっき、そこにとまってましたよね。あの、わたしも、カラスが好きなの」

小さい声で言葉をたしてみたけど、また無反応。し〜〜んって音が聞こえてきそうなくらい。

別に、カラスは好きじゃなかった？

カラスを見てる気がしたけど、雲の形を見てたとか、虫が横切ったとか、他にもたくさん可能性があったよね。そっちだったら、わたし、いきなりすっごい〝フシギちゃん〟な質問をしちゃった。

どうしよう、すっごく恥《は》ずかしくなってきた……っ。

うっかり「わたしもカラスと友達なの」なんて言わなくてよかったけど、無意識の言葉尻《ことばじり》から、いつふつうじゃないのがバレるかわかんない。

気をつけすぎるほど気をつけないとって、何度も自分に言い聞かせてるはずなのに。

わたしたちの気まずい空気に、周りの人たちがこっちをふり返り始めた。中途半端《ちゅうとはんぱ》な笑顔のわたしは、ほっぺたがカーッと火照《ほて》って、胸の底は冷えていく。

だけど、ちょうどよく先生が入ってきてくれた。

みんなの視線が教壇に集まって、わたしはホッと肩の力を抜《ぬ》く。

「皆《みな》さん、お手伝いありがとうございまーす」

先生はプリントを配りながら、さっそく説明を始めた。

文化体験会は、将来の職業の参考になるように、いろんな文化に触《ふ》れましょうっていうイベントで、毎年、卒業生や保護者の中から、各方面のプロが来てくれるんだ。

お手伝い係は、その講師のお世話や、講座のサポートをするのがお仕事なんだって。

わたしは気まずい気持ちをごまかすように、配られたプリントをぺらぺらめくる。

講座の一覧表を見つけて、上から順番に指でなぞった。

弁護士、警察官、中学校の先生、ロボット工学者、マンガ家、それからデザイナー。

続きの「伝統工芸士（紙漉《かみす》き体験）」っていう文字に、アッと息を呑《の》んだ。

この紙漉き体験の伝統工芸士って、もしかして……っ！

「それじゃあ、お手伝い名簿《めいぼ》を作るので、順番に名前を教えてください。まずは、一組さーん」

前のほうから「はーい」と返事があって、次は二組、三組と順番に立ち上がる。

どうしよう、後で講師の名前を質問できるかな。でもあの先生、今までしゃべった事ない人だし……。

「五組さーん」

「八上ミツ」

すっかりそっちに頭を持っていかれてたわたしは、耳に飛び込んできた「ヤガミ」の苗字に、どきっと肩が跳ねた。

その動きに驚いたのか、ハチミツくんもわたしを見て、眉《まゆ》をひそめる。

「五組さん、もう一人は？」

「あっ、はい！　藤原りんねです」

わたしはギクシャク立ち上がり、またギクシャク座りなおす。そんなわたしを、ハチミツくんがすっごく嫌《いや》そうな顔でにらんできた。

「……おまえ」

周りに聞こえないくらいの、小さな声。

「な、なんですか？」


「オレのこと好きなの？」


わたしは目が真ん丸になった。

「す、すっ、好きって？」

「おまえ、前から、オレのことをチラチラ見てただろ。そういうの、すげぇウザい」

何を言われたのか、わたしは一拍遅れて、やっと理解した。

――つまり、わたしがハチミツくんを好きだから、苗字に反応してるってカンちがいされちゃった⁉

わかったとたんに、顔どころか耳や指先まで熱くなった。

「ちちちちがうっ。そういうのじゃない！」

声が大きくなっちゃった。

教室がシンッとなって、全身から冷や汗《あせ》が噴き出した。ハチミツくんは顔をゆがめ、自分は無関係だとばかり、窓のほうを向いちゃう。

「すみません」

わたしはますますちっちゃくなる。

先生もみんなもクスクス笑って、また名簿のほうに話がもどった。

……ハチミツくん、わたしがヤガミっていう苗字に反応してたの、ずっと気がついてたの？

申し訳ないのと恥ずかしいのとで、頭がのぼせる。

わたしは恐《おそ》る恐るとなりの様子をうかがった。

「あの、ホントに、そういうのじゃないんです」

「なら、どうしてだよ」

そっぽを向いたままだけど、返事してくれた。

「同じ苗字の人が、知り合いにいるの。漢字はちがくて、『弓矢』の『矢』に『神様』の『神』なんですけど」

「ただの知り合い？」

だったら苗字がカブっただけで、そんなにいちいち反応すんのは変だろ――って言いたいのかな。

彼の疑いの視線に、わたしは手もとのプリントに目を落とした。

「ただのじゃなくて、すごく、大事な人たちだから……」

アキたちが、わたしの「初恋のお兄ちゃん」だとカンちがいしてるのは、幼なじみの「矢神樹《いつき》」ちゃん。

彼の家族、矢神さんちには、わたしが〝フシギちゃん〟って呼ばれる前から、ずっと「見えないはずのもの」の方面でお世話になってるんだ。

つい、「ヤガミ」っていう名前に反応しちゃうのは、わたしがみんなに隠《かく》してる、根っこの根っこのところだから、ほんとに、どうしようもなくて……。

「紙漉き体験の講師さんが、その、漢字ちがいの矢神さんかもしれないの。わたし、その人の家族に、すごくお世話になってるんです」

樹ちゃんのお兄さんが、最近東京に、書道用品の工房《こうぼう》を開いたんだ。そのお兄さんはひふみ学園の卒業生だから、ここに書いてある講師は、たぶんきっと、彼のことだと思う。

プリントをさして、言い訳をそえるわたしを、ハチミツくんはじっと見つめてくる。

「……ウソじゃないんだ」

「えっ？」

彼は急に納得《なっとく》して、ついっと目をそらした。直前、口のあたりを見られてたような気がして、わたしは唇に指をあてる。

「けど、やめろよ。オレが呼ばれるたびに見てくんの」

「ハ、ハイッ、気をつけます。ごめんね。あの――、」

呼びかけようとして、言葉に迷った。ハチミツって呼ばれるのは嫌なんだよね。でもヤガミくんじゃ、わたしのほうが違和感《いわかん》がすごい。

「ミツくん？」

間を取って、下の名前で呼んでみた。

とたん、彼はそっぽ向いてた顔を、バッとこっちに向ける。その口がはくはく、酸素を求める魚みたいに開いたり閉じたりする。

あっ、失敗した。名前もダメだったみたい。

だけど撤回《てっかい》するまえに、先生の名簿作りも終わっちゃって。結局、ペアになった彼をなんて呼べばいいのか、聞くチャンスもなかったんだ。

お手伝いの担当決めは、マンガ家やロボット工学者講座はあっという間に埋まり、オタオタしてる間に、残り数枠《わく》。

ハチミツくん……じゃない、ミツくん……でもなくて、八上くんに、「何やりたい？」って聞いてみたら、なんでもいいそうだ。

矢神さんが来るかもしれないならと、わたしは気持ちを奮い立たせた。

「あっ、あの。ご、五組は紙漉き体験がいいですっ。……もし、他にやりたいクラスがなければ、なんですけど……」

「ほかに紙漉き体験やりたいクラス、いますかー？」

「いませ～ん」

紙漉きは準備も片づけも大変そうだから、ぶっちぎりの不人気だったらしい。

みんなから、どうぞどうぞってノリで、わたしたちの担当にしてもらえた。

桜とお手伝い係を代わってラッキーだったかもって、わたしはガゼン楽しみになってきた。

だけど、八上くんは一番大変な講座担当なんて、ほんとは嫌だったんじゃないかな。

後で謝ろうと思ってたら、彼は説明会終了《しゅうりょう》と同時にいなくなっちゃった。

わたしは他のクラスの知り合いと、教室へカバンを取りにもどる。

「藤原さん、ハチミツと二人組って大変だねー。あたし、あいつと同じ美術部なんだけどね。たまに部活に来てても、ずーっと一人で動物の写真集を見ながらデッサンしてて、一言もしゃべんないよ」

「そうなんですね……。そんな感じで、寂《さび》しくないのかな」

「さぁ？　だれにでもあの調子だから、ま、藤原さんも気にしないほうがいいよ」

彼女と別れて廊下を歩きながら、わたしはますます彼のことがふしぎだ。

毎日ひとりぼっちで、不安にならないのかな。わたしは休み時間、ちょっとでも一人でぽつんとする時があったら、他の人の視線が気になっちゃう。

彼はそういうのも、どうでもいいって思えるのかな。

強い人だなぁ……。

「あっ、りんねおかえり～っ」

教室に入ると、いつもの三人が集まって、おしゃべりしてた。

「待っててくれたの？」

「りんねちゃんに押しつけたくせに、先に帰れないよ。ありがとねぇ。ハチミツくん、大丈夫だった？」

桜が駆《か》け寄ってくる。

「もうさぁ、りんねは優しすぎだから。嫌だったら我慢《がまん》しないで、桜にやらせりゃいいんだからね～？」

「う、うん、でもホントに大丈夫だよ。たぶん」

桜の役に立てたなら、こうして三人の中にいる自分に、ちょっとだけ自信が持てる気がする。けど、わたしの中途半端な返事に、三人は顔を見合わせた。

わたしはアキのヒザに座らされ、またつむじをアゴでぐりぐり。

「それで、ハチミツはどんなだった？」

「ええと……」

こういう時、パッと言葉が出てきたらいいのにな。あの黒い煙を出しちゃわないかなとか、変なコトを言って笑われないかなとか考えるせいで、会話のテンポが遅れちゃう。

でも初等部からのつきあいの三人は慣れてるから、わたしがしゃべり出すのを待ってくれる。

わたしは八上くんの話をするよりも——と決めて、もらったばかりのプリントを出してみせた。

「あのね、すごいんだよっ。矢神センパイが、講師で来るかもしれない」

「えっ⁉　『中等部の姫《ひめ》と王子』の、王子さまの⁉」

わたしたちが初等部の頃、この中等部には「姫と王子」って呼ばれる伝説的カップルがいた。

姫のほうは、元・書道部の部長で、文化祭パフォーマンスの発起人《ほっきにん》。

王子のほうが、樹ちゃんのお兄さんの「矢神センパイ」。矢神さんちは五人兄弟で、そのセンパイは三番目。樹ちゃんは一番下の双子《ふたご》なんだ。

初等部でも書道部だったわたしたちは、合同練習で、中等部の「姫と王子」にいっぱいお世話になった。

大好きな二人の事を考えるだけで、わたしの胸はパァッと華《はな》やぐ。アキたちも、八上くんのことは一瞬で頭から消えたみたい。桜なんてプリントに飛びついてきた。

「これっ？　この紙漉き体験？　りんねちゃん、ここの担当になったのぉ？」

「うん、なれたっ。不人気で、最後のほうまで残ってたんだよ」

「これはたぶん、先生がわざと講師の名前をのせなかったんだなーっ。講座が争奪《そうだつ》戦になっちゃうもん。おととし、『姫』が来てくれたときも大変だったらしいもんね」

「覚えてる。書道部のセンパイですら、倍率が高すぎてハズれたって言ってた」

アキと玲連もうなずきあう。

わたしは改めてプリントに目を落とし、ごくりと喉《のど》を鳴らした。

「じゃあわたしも、矢神センパイが来るかもしれないの、黙《だま》ってたほうがいいかなぁ」

「絶対に黙っときな。係まで交代するって言い出すコが出てくるよ。『王子』が書道の職人さんになったなんて知ってるのは、うちら、初等部からの書道部メンバーだけでしょ？」

「だ・け・どぉっ。もちろん、桜たちは紙漉き体験に申しこんじゃうよねぇ♡」

桜がほっぺたをピンクに染めて、うふ〜っと笑う。

「でも、桜は大丈夫？　ハチミツくんもお手伝い係だから、同じ教室だよ」

いちおう心配したわたしに、桜はひらひら手を振る。

「それはそれ、これはこれ！　王子さまに会えるかもしれないなら、そっち優先だよぉっ」

わたしたちは顔を寄せ、「じゃあ当日まで秘密だね」って、シーッと人差し指を立てた。

くすくす笑い合ってたら、
カシャッ。

シャッターの音が響いた。

玲連が、こっちにスマホを向けてる。

「ど、どうしたの？　急に」

「なんだ、なんにも写ってない」

玲連が画面を確かめて、眉間にシワを寄せた。


アキは玲連のスマホを取り上げて、首をかしげる。

「ふつうに撮《と》れてるじゃん」

薄暗《うすぐら》い教室の中だけど、わたしたち三人が笑ってる姿が、ちゃんと画面に表示されてる。

「ふつうじゃダメなんだ。これ、『未来さん、いらっしゃい』っていう占《うらな》いアプリなの。予言者『未来さん』を呼び出して、未来の恋人を教えてもらうヤツでね。写真に、その相手が写り込むんだって」

「「ええ？」」

わたしたちは顔を見合わせる。

「おもしろそぉっ。それ、さっきインストールしてたやつでしょ？」

「予言者を呼び出すって、……ちょっと、コックリさんみたい？　大丈夫なのかな」

桜は興味しんしん、わたしは及《およ》び腰《ごし》で画面を覗《のぞ》きこむ。

玲連が占いアプリでわたしたちを占ってくれるのは、よくある事なんだ。でも、わたしは霊感系の話は避《さ》けたいから、その度《たび》にひやりとする。

……だって、わたしがみんなの目には映らないものが見えてるのが、バレちゃうかもしれないから。

「玲連ったら、また怪《あや》しいアプリ使ってさぁ。課金してないでしょーね」

アキはスマホアプリの評判を調べて、「あれっ」とつぶやいた。

「『写った』ってレビューがついてる」

「ほんとだ」

わたしはアキの指がスライドする画面を、目で追いかける。ダメだったってコメントに交じって、

――やった、写った！　ほんとになったらいいな～。

――変なおじさんが写ってんだけど（笑）。未来さん、カンベンしてぇー！

って、たしかにちらほらと成功例が載《の》ってる。

ほんとに未来の恋人が写ったら……、スゴイよね？

「もう一度やってみよう。未来さん、未来さん、桜の、未来の恋人を写してくださーい」

「お願いしまぁす！」

玲連はヤル気も新たに、桜にスマホを向ける。桜も気合いに満ちた顔で、気をつけの姿勢。

……ところが、というか、やっぱりというか。何回撮っても、全部カラぶり。

教室の時計を見たら、もう四時半を回ってる。

あきらめて帰る？　って言おうとしたら、玲連がスマホを差し出してきた。

「――りんね、自撮りしてみて。撮れる可能性が一番高そう」

「わたし？」

反射的に受け取ってから、自分を指さす。玲連は真剣《しんけん》にうなずいた。

「だって、りんねって霊感ありそうじゃん。前はよく、だれもいないトコをじっと見てたり、黒い煙が出てるとか言ってなかった？」

わたしは全身が凍りついた。

「あーっ、それ、懐《なつ》かし〜っ。でっかいカラスが友達だとか、お兄ちゃんがいたとかさ。なんかそんな話してたよね」

「りんねちゃんのとこは、弟のちぃくんだけなのにねぇ」

アキと桜も話に乗ってくる。わたしは笑みを貼《は》りつけたまま、動けなくなっちゃう。

みんなまだ、しっかり覚えてたんだ……っ。

初等部二年の頃、わたしがウソをついてる、ついてないって話でケンカ……というか、イジられた時期があった。〝フシギちゃん〟のアダ名をつけられた時の話だ。

悪口を言うと出てくる、黒い煙。おしゃべりできる大ガラスの友達。

――それから、〝ちーちゃん〟って呼んでた、わたしの……お兄ちゃん。

みんなにとっては、あるはずのない、いるはずのない存在だから、ウソだって責められても、証明できないまま。そしてわたしは、彼らの話をするのをやめた。

だからもうみんな、とっくに忘れてくれてると思ってたのに。

三人はその頃の話で盛り上がり始めた。

わたしは全身に冷や汗をにじませて、アキたちを見回す。

急に、透明《とうめい》な膜《まく》を一枚隔《へだ》てたみたいに視界がぼんやりして、彼女たちが、その頃の怖かった三人に見えてくる。

ゴクリと喉が鳴る。足が一歩下がる。

「今考えたらさ、りんねは霊感があって、ふ、ふ、ふつうは見えないモノが見えてたのかもしれないよ。この『未来さん』も、心霊写真みたいなモノだし。だから、りんねの自撮りが一番成功しそうだなって」

玲連は確かめるように、わたしをじっと見つめてくる。

今すぐに、「その話、ウソだったんだぁ」とか、「なにそれ、もう覚えてないよ」とか、軽く笑っちゃえばいい。そしたら、すぐにこの話は終わる。

黙ってる時間が長いほど、不自然になるよ。ウソをついたって、三人には黒い煙は見えないんだから、バレやしない。今だ、言っちゃえ。また〝フシギちゃん〟にされたくないもの。

……なのに、考えた言葉は、胸でせき止められたまま。

ち、ち、ちーちゃんが頭をなでてくれる大きな手のひらの感触《かんしょく》が、カ、カ、カラスさんのふわふわの胸に飛び込んだときのぬくもりが、わたしの喉を細くする。

「――ま、まさか。わたし、霊感なんて全然ないよ。血みどろの幽霊とか、見た事ないもん」

結局、わたしはウソにならないギリギリラインの答えを返した。

これは本当だ。みんなが動物だと思ってる、だけど絶対に動物じゃないものは、た、た、たまに見かけるし、「あ、ち、ちがうヤツだ」って分かっちゃうけど。

玲連が好きな、オカルト動画に出てくるような、おどろおどろしいのは見たことない。

わたしは三人の反応をそっとうかがう。声が震えて、不自然に聞こえなかったかな。

「まぁ、そりゃそうだよねぇ。じゃ、あの見えてる風の発言は、りんねの黒歴史ってやつだ」

最初にアキが笑ってくれた。桜と玲連も「だよね」って続けて笑う。

わたしはホッとすると同時に、……「黒歴史じゃないもん」って、心の中でつぶやく。

自分で話題を避けたくせに、わたしの大事な人たちの存在を、みんなの言葉でぬり消されそうになった気がして、胸がズキッとした。

「でも、試《ため》してみてよ。写ったらラッキーくらいで」

「うん……、同じだと思うけどなぁ？」

自撮りしたことないわたしは、玲連にシャッターボタンの場所まで教えてもらって、ぎこちなく自分にスマホを向ける。

「「「未来さん、未来さん、りんねの未来の恋人を写してくださーい」」」

三人が声をそろえる。わたしはボタンを押して、カシャッと音を鳴らす。

「りんねちゃん、きっと〝樹ちゃん〟が写ってるよぉっ」

「そ、そんなはずないよ」

画面には、一生懸命すぎてビミョーな笑顔のわたし。背景は教室の後ろの戸口だ。

その背景に――、

「これ……！」

わたしは思わず声を上げた。ぼんやり、人の横顔が写り込んでる⁉

玲連にバッとスマホを取り上げられた。

わたしがへたくそなせいでピントが合ってないけど、彼女が写真を拡大していくと……、ほんとに、男子らしき人影《ひとかげ》が！

「えーっ、ウソ！　りんねスゴイじゃん、ほんとに写ってる！」

驚くアキのとなりで、体が冷たくなった。

どうしよう。ふつうじゃないのが、こんな風にバレちゃうなんて、思ってなかった。

頭の中をいろんな言い訳が駆け巡《めぐ》る。

「あれ？　これ、たぶんハチミツくんだよっ？　ほら、おでこが出てる」

桜が大きな声を出した。

ほんとだとつぶやいた玲連に、アキが悲鳴を上げる。

「ヤダッ、りんねの未来の恋人が、あいつってこと⁉　なにそれ許さないっ」

「え？　えっ？」

わたしはまさかの展開に、まぬけな声しか出てこない。

「――『え？』じゃねぇよ。勝手に人を巻きこむな」

背後に、剣呑《けんのん》な声が響いた。

振り向くと、教室の後ろのほうを八上くんが歩いていく。四人で騒いでたから、彼が入って来てた事に気づかなかったんだ……っ。

あ。じゃあこの写真って、ちょうど教室に入ってきた彼が、わたしが写真を撮ったタイミングで背景に写り込んじゃったのかな。

八上くんとスマホを見比べてから、わたしは青くなった。

わたしたちの今さっきの会話も、全部聞かれちゃった？　説明会の時に「好きじゃない」って否定したばっかりなのに、ま、また変に誤解される。

「ごめんっ。今ね、占いアプリで未来の恋人を写してもらう――っていうのをやってて。偶然《ぐうぜん》八上くんがそこに写っちゃっただけなんです。ね、みんな」

あわてて同意を求めたわたしに、三人も急いでうなずいてくれる。

「くっだらね」

八上くんは吐《は》き捨てて、机の荷物をカバンにつめ始める。「これ以上話しかけるな」オーラに、わたしたちもシンとなった。

「――あれっ。サヨナラできない」

玲連がスマホを連打する。画面には、「未来さんとサヨナラ」っていうボタン。玲連がそれを何度タップしても、無反応だ。

「未来さん、帰ってくんないの？」

アキがボタンを押してみてもダメ。アプリを強制終了しても、すぐにこの画面が出てくる。

すると唐突《とうとつ》に、画面が暗転した。

勝手に電源が落ちた。……って、そんな事、ある？

真っ黒になった液晶《えきしょう》に、覗き込むわたしたちの顔が映る。

玲連がスマホを持つ手を震わせた。

「わ、わたしさ、コックリさんが帰ってくれなくて、とり憑《つ》かれたコたちが大変なことに……とかいう動画、観《み》た事ある。順番に病気になったり、事故にあったり……って」

「それマジで？　これもそういう系？　ヤバいじゃん、どうすんの。玲連がまた変なアプリ使うからぁ」

「そんな。アキだってノリノリだった」

空気が不穏《ふおん》になっていく。

「ヤダァ、桜たち、未来さんにとり憑かれちゃったの？　ホントやめてよぉ～っ」

「は？　嫌なら嫌って言えばよかったでしょ。わたしのせいばっかりにしないでよ」

不安に駆られた三人の口から、黒い煙が出始めた。これ、いったん出始めると、ますます悪い言葉を誘《さそ》い出して、相乗効果でどんどん濃《こ》くなっていくんだ。

そして――、そのうち煙に惹《ひ》かれて、「未来さん」より、……もっと悪いものが寄ってくる。

「ね、ねぇ、スマホを立ち上げ直してみよう？　ただ調子が悪かっただけかも」

わたしは煙にムセそうになるのを我慢しながら、顔に笑みを貼り付ける。

すると、ゲホッとだれか――、八上くんがセキをした。

今、黒い煙にムセた？　勢いよく振り向いたせいで、また目が合っちゃった。

「わざわざくっだらねぇことして、くだらねぇことでケンカして、バカじゃねぇの」

「ごめんなさい……」

わたし、体験会の説明会から、八上くんに変にからんじゃってばかりだ。

うなだれると、彼はチッと舌を鳴らした。

「……オレ、クラスで一番、藤原がムカつく」

「ハ、ハァッ？　八上、うちらの天使に向かって、なに言ってくれてんのっ？」

アキがつかみかかろうとしたのを、わたしはあわてて腕に抱きついて止めた。戸口で振り向いた八上くんは、冷えきった目をしてる。

「藤原が〝天使〟？　だれも本気でそんなこと思ってないくせに、よく言うよな」

彼は言い捨てて、教室を出て行っちゃった。

「ちょっと待ちなよ！　なに、今のセリフ⁉」

「アキッ。わたし、気にしてないっ」

「でも、りんねちゃんはなんにもしてないのにさぁ！　あんな言い方はないよねぇっ」

「なんなんだ、あいつ。珍《めずら》しくたくさんしゃべったと思ったら」

桜と玲連も怒《いか》りが収まらないって顔だ。

玲連のスマホが、再起動完了の音を鳴らした。スマホは問題なく動いて、やっぱり「未来さん」が居座っちゃったワケじゃないみたい。

アキが廊下に出たら、八上くんはもう見当たらなかった。

人にムカつくなんて言われちゃったのは、やっぱりショックだ。

……でも、言われるまでもなく、わたしは自分を、いい意味の〝天使〟だなんて思ったことない。だからそこは、本当にそうだよねって。

それよりも八上くん、今、黒い煙にムセてた？　説明会でも、わたしの口もとあたりを見て、「ウソじゃないんだ」って言ってた。

あれは――、口から黒い煙が出てないか、確認してた？　なら、あの人も「見える」人？

わたしの考えすぎ……なのかな。

2 幼なじみの「彼」

昨日の「未来さん」って、そもそもジョークアプリだったんだって。

何十回かに一回、背景にＡＩが作った人の顔が写り込むようになってるらしい。レビューの最後のほうまで読んで、やっと分かったたって、玲連《れれん》が教えてくれた。

じゃあ、「さよならボタン」がうまく動かなかったのも、ほんとにスマホの調子が悪かっただけで、とり憑《つ》かれたなんて心配はいらなかったんだ。

なぁーんだって笑いながら、教室移動から帰ってきたら、

「八上《やがみ》が、〝天使〟にそんな事言ったの？」

「アキから聞いた。『一番ムカつく』とか、『だれも本気で〝天使〟なんて思ってない』とか」

「ひっど、なにそれ。りんね、かわいいじゃんねー」

教室の中の声が聞こえてきて、わたしは思わず戸口で立ち止まった。

クラスの女子が、わたしと八上くんの話をしてる。

思わずアキを見やると、ぺろっと舌を出した。

「だって、りんねが許しちゃうからさぁ。悪口言われたら、ちゃんと怒《おこ》らなきゃ」

「そうだ。傷ついたって言っとかないと、係の時に、ますますヒドいあつかい受けるぞ」

「玲連の言うとおりだよぉ。今さらだけど、やっぱり、係も桜《さくら》が自分でやろうかな」

「大丈夫《だいじょうぶ》だよ。わたし、ほんとに全然気にしてない」

三人は「えーっ？」と不満げな声を上げる。

でもどうしよう……、話が大きくなっちゃってる。

教室はやっぱり、黒い煙《けむり》が濃《こ》く漂《ただよ》ってる。わたしは平気なフリをして、中に踏《ふ》み込む。ここでわたしがいつもとちがってたら、八上くんの件でへコんでるって誤解されちゃう。

窓ぎわの後ろの席に、本人の姿をさがすと——、珍《めずら》しく、周りに他《ほか》の男子が集まってた。

「八上、おまえ〝天使〟にケンカ吹《ふ》っかけたの？　女子が殺気立ってんだけど」

「マジで？　なんで藤原《ふじわら》に？」

「——あいつが嫌《きら》いだから」

人垣《ひとがき》の向こうから、八上くんのめんどくさそうな声が聞こえてきた。

「ええ……」

男子たちがこっちを振《ふ》り向いた。彼らとバチッと目が合っちゃって、わたしはあわてて目を伏《ふ》せる。

「ちょ、八上。藤原、今の聞いてたよ」

「さすがにかわいそうだろ。謝って来たほうがいいよ」

「おまえらが話をふってきたんだろ」

八上くんは席を立ち上がる。そしてわたしをギロッとにらみ、後ろの戸口から出て行っちゃった。

もうすぐ授業が始まるのに、どこに行っちゃうんだろう。

わたしはオタオタと、みんなと戸口を見比べる。

「なにあいつー！」

アキがばんっと机を叩《たた》いたのを皮切りに、女子は火に油状態だ。

みんなで八上くんの悪口を言い始めた。ハチミツくんの隠《かく》れファンもいたみたいなのに、一気に引っくり返っちゃった。黒い煙がみるみる教室に充満《じゅうまん》していく。

このまま彼が教室にもどって来づらくなっちゃったら、変に関《かか》わったわたしのせいだよっ。

彼を追いかけようと、戸口に向かおうとしたところで、アキに肩《かた》をつかまれた。

「りんね、ほっときな。もう授業始まるよ」

「でもっ、……う、うん」

今、わたしが八上くんをかばっても、「りんねがかわいそう！」ってさらに煽《あお》っちゃうのかもしれない。

それに、本人にもウザいって言われて、終わりな気がする。

わたしは結局、自分の席に腰《こし》を下ろした。

次の授業のしたくをしながら、漂ってきた煙に、教科書の陰《かげ》でケホッとセキをする。

……ホントは、この煙を散らす方法は、矢神《やがみ》家の人たちから教わってるんだ。両腕《りょううで》を開いて、手のひらを大きく打ち合わせればいい。神社でパンパンッて柏手《かしわで》を打つみたいに。

教室はまだ、八上くんの話で持ちきりだ。

柏手を打ったら、みんなの悪口も止まるかな。

実行したところを考えてみただけで、教科書を持つ手に、じわっと汗《あせ》がにじんできちゃった。

いきなり立ち上がって、パンッなんて大きな音を出したら、
ふつうじゃない、よね。

そんなの、みんなからしたら意味わかんない、〝フシギちゃん〟の行動そのものだよ。そう思われるのが、怖《こわ》い……っ。

「あれー？　八上はどこ行った？　さっきはいたよな？」

教壇《きょうだん》に立った先生が、クラスメイトたちを見回す。

わたしはぎゅうっと拳《こぶし》を握《にぎ》り込み、罪悪感に圧《お》し潰《つぶ》されそうになりながら、顔をうつむけた。


とうとう、文化体験会の当日になっちゃった。

一週間近く経《た》っても、八上くんとクラスの女子は冷戦状態のままだ。

彼は一言も弁解せず、たんたんと、なんにも変わらない調子で過ごしてた。

あまりにも変わらなすぎて、女子も張り合いがなくなったのか、悪口の量は減ったみたい。

わたしは情けない事に、ただ様子をうかがってただけ。

彼に黒い煙が見えるのかも聞いてみたいのに、そんなチャンスも、勇気もなかった。

「紙漉《かみす》き体験担当～っ。講師の方が、準備で早めに来てくれてさ。美術室で手伝ってあげて。これ、後で配るプリントな」

お昼休みが残り五分っていう時。

わたしと八上くんは先生に呼び出され、そのまま美術室へ向かうことになった。

この前の事、八上くんに謝ったほうがいいかな。だけどかえって面倒《めんどう》くさいヤツって思われるかな。嫌われてると思うと、ますます言葉が出てこない。

二人してシンとしたまま、並んで廊下《ろうか》を歩く。

わたしは沈黙《ちんもく》に耐《た》えられなくなっちゃって、歩きながらプリントを眺《なが》めた。

体験会の教室番号と、講師の名前がずらりと書いてある。

上のほうから順番に見ていったら、「デザイナー」のところに、「佐和田万宙《さわだまひろ》さん」って文字を見つけて、

「あっ！」と、足を止めた。

これって、あの万宙くんだよねっ？

わたしが初等部の頃《ころ》から仲良くしてもらってる、元書道部のセンパイだ……！

そうだ、万宙くん、文房具《ぶんぼうぐ》の会社でデザイナーをやってるって言ってたもんっ。

高校が遠いところで全然会えなかった間も、彼はたまにメールをくれた。

就職でこっちにもどってきてからは、お仕事で作ったふせんとか手帳とかを送ってくれて。そのたびに「元気？」って、書道部じこみのきれいな字で、手紙までつけてくれるの。

万宙くんが来るんだぁ……！

それにやっぱり、「紙漉き体験」のところには、「矢神四宝工房《やがみしほうこうぼう》」って書いてある。

四宝って、正式には「文房四宝」って言って、書道で使う、筆・墨《すみ》・紙・硯《すずり》の事。「文房」のほうは書《しょ》

斎《さい》の事で、そこで使う四つの宝物だから、「文房四宝」って呼ばれるんだ。

これは、みんなの期待どおり、講師は「中等部の王子さま」で確定だ。

今回の体験会、すごいっ……！

わたしは重たい気持ちもどこへやら、プリントに目が釘付《くぎづ》けだ。

「──ヤバい」

八上くんがぼそっとつぶやいた。

「え？」

彼はいきなりわたしの手首をつかんできた。ギョッとして問い返す間もなく、強引《ごういん》に廊下の流しのカゲに引っぱりこまれる。

「な、なにがヤバいんですか？」

「シッ。しゃがめ」

八上くんは、とまどうわたしを背中で奥に押し込み、自分も息をひそめる。


ガルル……ッ、ガルルル……。


学校の廊下で聞こえるはずのない、ケモノのうなり声。しかも、すえた甘い臭《にお》いが鼻を突《つ》く。

心臓が胸の中で、大きく飛びはねた。

ひた、ひたっと、奥から足音が近づいてくる。

悪いもの、だ。

——黒い煙が増えすぎると、それを食べに、悪いものが来る。

近ごろ悪口がひどかったせいで、煙がずっと教室に立ち込めてたから、とうとう来ちゃったんだ。

小さい時、友達のカラスさんに、ああいう動物がなんなのか教えてもらった。

あれはただのケモノみたいに、キバやツメで襲《おそ》ってくるだけじゃないんだよ。

動物の姿でも、カラスさんと同じように、精霊《せいれい》とか神様に近い存在で。だから、考えられないようなチカラを使って、ありえないふしぎを起こすの。

しかも黒い煙が見えない人たちの目にも、ちゃんと映る。そのせいで、時々、「こんな所にいるはずのない、野生のケモノに襲われた」って騒《さわ》ぎになってるんだ。

「ど、どうしよう……っ」

わたしは思わず、八上くんの横顔を見つめる。

だけど彼は、すごく冷静に向こうの様子をうかがってた。

あ、あれっ。ふつうだったらパニックを起こしてもおかしくない状況《じょうきょう》なのに、なんでこんなに落ち着いてるの？

——この人も、慣れてる？

心臓の鼓動《こどう》がますます速くなった。

まさか、八上くんもふつうじゃない？　今同じこの学校に、同じクラスに、わたしと同じような人がいるかもしれない……!?

ケモノの息遣《いきづか》いが近づいてくる。わたしは向こうに注意をもどした。

逃《に》げるタイミングがないよ。見つかっちゃったら、襲いかかってくるよね……っ。

「八上くん、走って逃げよう」

「今動いたら、逆に注意をひくだけだろ。つか、たぶん大丈夫だ」

声を押し殺して、ささやき合う。

なんで大丈夫って言えるの？　聞き返す間もなく、足音は確実にこっちへ近づいてくる。

わたしは一度だけ、悪いものと戦った事がある。けどそれは五年も前だ。しかもあの時は、いろんなものと意識が混ざって朦朧《もうろう》としてたうえに、無我夢中だったんだ。

また同じ事ができる自信がないし、そもそも、今は戦いようがないの。悪いものと戦うには、特別な武器が必要だから……っ。

戦い方を教えてくれた、カラスさんの顔を思い浮《う》かべる。

ほんとは戦えるはずのわたしが、八上くんを守らなきゃいけないよね？　カラスさん、ちーちゃん、どうしよう！

そこまで考えて、ハッとした。

そうだ。今、「矢神センパイ」が、学校に来てる！

「わたし、助けを呼んできます」

「ハ？　あんなの、先生だってどうにもできないぞ」

「先生じゃなくてっ」

「とにかく座ってろ」

八上くんは、立ち上がりかけたわたしをグイッと引き下げる。

隠そうと抱《だ》きこんでくれた彼の喉に、おでこが当たった。流しの裏の狭《せま》いスペースで、触《ふ》れた肌《はだ》から、ドッドッドッと脈が直接伝わってくる。

わたしはウワッとまぶたを閉じた。だ、だって、家族や矢神さんち以外の男子と、こんなに近づいた事なんてないっ。

でも、……あれ？　すごく懐《なつ》かしいような匂《にお》いがする。なんだろ、これ。

目を真ん丸にして見上げたわたしに、八上くんは眉《まゆ》をひそめた。

彼が「なんだよ」って言いかけた、その時だ。


　ガルルルル……ッ。


ケモノのうなり声が、すぐそこ、流しの向こうに聞こえた。わたしたちはバッと首をもどす。

足音が、たぶん、あと二歩、一歩——、気づかれちゃう！


　ガッ！


なにか硬《かた》い音が響《ひび》くと同時に、ケモノが甲高《かんだか》い悲鳴を上げた。

そして、大きな柏手の音と共に、黒く濁《にご》ってた空気が、一気にきれいに、清らかになった。

だれかが、悪いものを追い払《はら》ってくれた……!?

わたしは八上くんの腕をほどき、廊下へ飛び出す。

廊下の先で、スラリとしたお兄さんが、窓の下を覗《のぞ》き込んでる。悪いものが逃げるのを見送ってるんだ。

——その顔がこっちを向いて。わたしは、どきっとした。

窓から吹き込んできた風に、髪《かみ》がさらさら流れて揺《ゆ》れる。

ガラスみたいな黒い瞳《ひとみ》が、日差しを映して、青っぽく光る。

涼《すず》しげな目元。きりりとした眉。

ちょっと怖いくらいきれいな顔立ち。静かで、大人びた表情。

大きめのカーディガンにラフなジーンズで、足もとは学校のスリッパだ。

知らない人だ。高校生くらいのお兄さん？

だ、だれ？

「矢神センパイ」だと思いこんでたわたしは、駆《か》け寄ろうとした体勢のまま、その場で固まる。

「わぁ、りんねちゃんだっ」

お兄さんの眉が下がり、急に目元が柔《やわ》らかくなった。

「中等部の制服だと、急にお姉さんに見えちゃうね」

その優《やさ》しい笑顔《えがお》に、わたしはアッと声を上げた。

「樹《いつき》ちゃん!?」

「えー？　寂《さび》しいなぁ。顔も忘れちゃった？　秋に会ったばっかりなのに」

アキたちが、わたしの初恋《はつこい》の人だとカンちがいしてる、「矢神樹」ちゃん、その人！

わたしはあわてて両手をふる。

「ち、ちがうんだよ。また背が伸《の》びた？　それになんか雰囲気《ふんいき》がちがったから、だれだか分かんなかったの」

矢神さんちの双子《ふたご》は、わたしの二歳上。歳《とし》が近いのもあって、一番仲良くしてもらってる。

夏休みは毎年、三重の矢神さんちに遊びに行っていたんだけど、近ごろは、弟のちぃくんが行きたがらなくって、すっかりごぶさたしてた。

でも今年の秋、東京でひさしぶりに会える機会があったんだ。

「樹ちゃん、元気だったたっ？」

「うん！」

わたしはいつもそうしてたみたいに、今度こそ彼に飛びつこうと足を踏み出しかけて――。

でも、またそこで止まっちゃった。

中学三年生のお兄さんに抱きついたら、変じゃない？

小学生の時の樹ちゃんは、依《より》ちゃんと入れ替《か》わっても違和感《いわかん》ないくらい、かわいかったのに。声まで低くなってるんだもの。

わたしももう小学生じゃないし、しかもなぜか、さっき八上くんと隠れた時、喉に触れた肌の感触《かんしょく》が、おでこによみがえってしまう。

樹ちゃんは目を瞬《またた》かせ、広げた腕を元にもどしていく。

そしてぎこちなく距離《きょり》を測り合いながら、顔を見合わせた。

「知り合い？」

八上くんが後ろから出てきた。

彼はけげんな顔で、樹ちゃんと、彼の右手の……文鎮《ぶんちん》を見比べてる。鉄の重たい文鎮だ。これで悪いものを追い払ってくれたんだと思う。でも、八上くんからしたら、意味わかんないよね？

――矢神家の人は、悪いものと戦える。

文房四宝の職人さんっていうのは表の顔で、ほんとは、ああいうのと戦うのが「お役目」の家なんだ。くわしい事は、わたしにはあんまり話してくれないけど、彼の一族が暮らす三重の里では、悪いものと戦う「武器」として、千五百年以上も文房四宝作りを続けてる。

そんな彼らの事を、「文房師《ぶんぼうし》」って呼ぶらしい。

樹ちゃんも、そのお役目を担《にな》う一人なんだって。

彼はさりげなく文鎮を腰のポーチにしまい、八上くんにニッコリと笑い直してみせた。

「紙漉き体験講師の、矢神樹です。よろしくね」

なんと、今日の講師は、「矢神センパイ」じゃなくって、樹ちゃんだったんだ！


こちらが、お世話になってるお兄ちゃんの矢神さんで、こちらがクラスメイトの八上くんです――と、ビミョーな紹介《しょうかい》をしたあと。

三人で、美術室に届いてた段ボール箱を開け、紙漉き体験の準備に取りかかってる。

本格的に和紙作りをするなら、原料になる木の皮をゆでたり砕《くだ》いたりして、のりみたいな液を用意することから――って、大掛《おおが》かりなんだ。

でも矢神家は学校の体験授業用に、水に溶《と》かすだけでいい、「紙の素《もと》キット」を開発したんだって。

わたしはビニール袋《ぶくろ》を抱《かか》えて、よいしょと床《ゆか》に置いた。袋の中は、パンパンに紙の繊維《せんい》が詰《つ》められてる。

彼はちっちゃいコ用のビニールプールを、ポンプでふくらませてる。ここに紙の素を溶かすんだ。

「ほんとは依も来たがってたんだけど、ちょっと、里から出られなくて。りんねちゃんに、今度ゼッタイお手紙ちょうだいって伝えてって、念を押されまくっちゃった」

「あっ、ありがとう……ございマス」

「りんねちゃぁん。敬語なんてヤダよぉ」

「ちがうよっ。樹ちゃんが、講師として来てるからだよっ」

しゅんとされちゃって、あわてて言葉を添《そ》えたけど。ホントのところは、面食《めんく》らっちゃったんだ。

樹ちゃんはずっとかわいいタイプで、むしろカッコいいなら、双子のお姉さん、依ちゃんのほうだったのに。

彼はダボダボの服の中で、今も華奢《きゃしゃ》な体が泳いでる。なのに腕も脚《あし》も長くなって、時計を巻いた手首も長い指も骨張って、首のラインも、青年のそれだ。でも、顔立ちはきれいなまま。

いったん知らない人だって思ったせいか、なんだか樹ちゃんが、これまでとちがく見える。

樹ちゃんっていうより、樹さんってかんじ？

アキたちに「初恋のお兄ちゃん」なんてからかわれたのが、本気で恥《は》ずかしくなってきちゃった……っ。

わたしはなんとなく目を合わせられなくて、「紙の素」をほぐす作業に集中する。

「りんねちゃんも、匠兄《たくみ》が来ると思ってたでしょ。ビックリさせてごめんね」

匠お兄ちゃん――、つまり「矢神センパイ」は、東京に引っ越《こ》したばっかりだし、結納《ゆいのう》式の準備やらで忙《いそが》しい。だから、樹ちゃんが「講師なら代わるよ」って申し出て、朝一番でこっちに来たんだって！

「驚《おどろ》いたけど、樹ちゃんに会えて、すっごくうれしい。でも自分の中学は？　平日だけど……」

「あはは」

「あ、あはは」

あ、あれぇ？　樹ちゃんは、兄弟の中でもマジメなほうじゃなかったっけ。

「この人、まだ中学生なのに、講師なんだ」

横で箱開け作業に勤《いそ》しんでた八上くんが、ボソッと聞いてきた。わたしは大きくうなずく。

「うん。矢神さんちって、みんな書道用品の職人さんなんです。小さい頃からずっと修行《しゅぎょう》してて。ねっ、樹ちゃん」

紙漉き体験にも、思いがけない樹ちゃんの登場にも、わたしはちょっとテンションがおかしくなってるのかもしれない。八上くんに満面の笑みを向けちゃって、眉をひそめられた。

「そうそう。それにこのキットを開発したのは、ぼくと双子の姉なんだ。自分で作ったものだから、ちゃんと教えられるよ。安心してね」

にこにこ答える樹ちゃんに、八上くんはきょとんとして、箱の中の商品に目を落とす。ついでにわたしまで驚いちゃった。

「これ、樹ちゃんたちが開発したのっ？」

「そうだよ」

商品開発って、大人が会社でやるような仕事だよね？　わたしが毎日ポーチに入れてる筆も、昔、双子が作ってくれたものなんだけど。改めて、世界がちがう。

すごい……と息をもらすと、樹ちゃんはうれしそうに笑った。

「りんねちゃんにホメてもらいたくて、がんばっちゃった。ホントはね、講師を代わってもらったのも、ぼくがりんねちゃんに会いたくてしかたなかったからなんだよ」

彼は思った事をそのまま口にしてます――っていう、まっすぐな瞳だ。

記憶《きおく》にある樹ちゃんより、さらに優しく、甘くなったほほ笑みに、わたしは目がチカチカしてしまった。

ビニールプールにためた水に、バケツのお湯でもどした「紙の素」を、大量に投入！

さらに、半紙サイズの木枠《きわく》に、竹のすだれを敷《し》いた「漉き枠」も、準備よしだ。

わたしは漉き枠を持つ両手をプールにひたして、液体をすくいあげる。

そのとなりで、袖《そで》をまくった樹ちゃんが、お手本の動きを見せてくれる。

「りんねちゃんは、うちで何度もやったことあるもんね。さすが上手上手」

「でも、もうずいぶん前に、ちょっとだけだもん」

きれいな紙を作るには、紙の繊維が同じ厚みになるように広げなきゃいけないんだ。

漉き枠の傾《かたむ》け方とか、水の切り方、一瞬《いっしゅん》の動きだけで、厚みが全然ちがってきちゃうんだって。

紙漉きプールは全部で三つ。他のプールでも、みんなわいわいと作業中だ。樹ちゃんは順番にプールをめぐり、優しくレクチャーしてくれる。

紙漉き体験を選んだのは、書道部仲間のアキたちと、他の人気講座に抽選《ちゅうせん》落ちしちゃったコの、合わせて五人。お手伝い係を入れても、たったの七人っていう少人数だ。

せっかくだからって、お手伝い係のわたしたちまで体験に加わらせてもらっちゃった。

わきあいあい、すっごく楽しい空気だ。

わたしは、なんだか驚きっぱなしで、樹ちゃんを眺める。

三重の矢神さんちでは、いつもわたしと一緒《いっしょ》に依ちゃんの後をついて回ってたのに、今日の樹ちゃんは一人で立派に「先生」してる。

依ちゃんがいない時は、元からいつもこんな風だったのかな？　それとも、あんまり会わない間に、急激にお兄さんになってた？　秋に会った時は、里のお姉さんの婚約パーティで、ゆっくり話す間はなかったもんなぁ。

眺めてたら、彼はすぐにわたしの視線に気がついて、にっこり笑ってくれた。わたしもつられて眉を下げて、えへへと笑い返す。

樹ちゃんに「紙漉き工程」オッケーをもらい、今度は飾《かざ》り付けコーナーのテーブルへ。

紙を乾《かわ》かす前に、押し花でデコれるんだ。テーブルに並んだ小箱には、カラフルな素材がいっぱいだ。

「うち、飾りすぎかなぁ」

アキの漉き枠は、ぷるぷるした白い紙のりの上に、お花でグラデーションが作られてる。

「ううん、すっごくかわいい！」

わたしはどうしようかなぁ。

あざやかなブルーのツユクサ。濃い紫《むらさき》のオダマキ、ピンクのサクラソウ。

これきっと、矢神さんちの裏山でつんできたんだ。双子と花冠《はなかんむり》を作って遊んだのを思い出す。いろんな野原の花も、双子に教えてもらった。

小さな花をつまんでみたら、急にあの山が恋しくなっちゃった。山の奥の院では、わたしの大事な「特別な筆」も、守ってもらってて……。

ひさしぶりに行きたいな。今度、一人で行っちゃおうかな。でもこの前それも、ちぃくんに「イヤ」って言われちゃったしなぁ。

ちぃくんは、なんで矢神さんちに行きたくないんだろう。もうおしゃべりも上手なのに、何回聞いても、ちゃんと理由を教えてくれないんだ。

「りんねちゃん。樹さんって、恋人いるのぉ？」

となりから響いた声に、わたしは我《われ》に返った。

桜が瞳をハートにして、樹ちゃんをうっとり見つめてる。手もとは完全にお留守だ。

「わ、わかんない。わたし、樹ちゃんとそういう話、したことない」

「うそぉ。してみたい～っ。今、聞いてみてい一い？」

そわそわし始めた桜を、アキがヒジで小突《こづ》く。

「こらっ、桜。やめなさいって」

「まったく、桜はとことんミーハーだな。樹さんはりんねの初恋相手なんだから、ダメに決まってるだろ」

玲連にまで呆《あき》れられて、桜は「だってぇ～」としょんぼり肩を下げる。

「ま、待って。ホントにそういうのじゃないんだよ。ふつうに、幼なじみのお兄ちゃん」

わたしは周りに聞こえなかったかって、あわてて首を巡《めぐ》らせる。みんな、自分の作業と「すてきなお兄さん先生」に夢中で、こっちなんて全然気にしてないみたい？

四人でシーッと指を立て合い、それぞれの作業にもどる。

わたしは紙にブルーのツユクサをちりばめる事にした。

この紙が仕上がったら、依ちゃんに手紙を書こう。依ちゃんはキリッとしてて凜々《りり》しいから、青が似合うなぁって思ってたんだ。

万宙くんにも出したいな。――と思ったけど、万宙くんは、今日、学校に来てるんだ。体験会が終わったあと、デザイン体験の教室に行ったら会えるかなぁ。

そんな事を考えながら、ピンセットでお花を並べていく。

みんなの話題は、もっぱら樹ちゃんの事。

桜は、同じ教室に八上くんがいるのも、ぜんぜん目に入ってないみたい。気まずそうじゃなくて、よかったなぁって、楽しそうな横顔に、わたしもホッとする。

その八上くんは……と姿をさがしてみたら。人気のなくなったプールの前に、背中を見つけた。

たぶん、みんなが飾り付けコーナーに移動するまで、待ってたんだ。

彼は漉き枠を手にしゃがみこんだところで、ふとこっちをふり返る。

みごとに視線がぶつかっちゃったっ。

ワッとあわてたけれど、目をそらすのも間に合わなかった。盗《ぬす》み見るのはやめろって言われてるのに、しかも今、「ヤガミ」って名前を呼ばれたわけでもないのに。

わたしは反射的に笑みを作る。だけどやっぱり、彼はすごい顔でにらんでくる。

「二人は、仲良しなんだね」

後ろに樹ちゃんが立った。

「えっ？」

今の、ぜんぜん仲良しそうじゃなかったと思うけど……、樹ちゃんの角度からは、八上くんの表情は見えなかった？　そしたら、わざわざアイコンタクトしたみたいだったかもしれない。

八上くんはもうプールのほうに顔をもどしてる。

樹ちゃんは、なんにも答えないわたしに、きょとんとして首をかたむける。

仲良しどころか、一番ムカつくって言われちゃってる。でも、「仲良しじゃない」なんて答えるのも、カンジが悪いよね。

わたしは口角を持ち上げ、樹ちゃんにかすかにうなずいた。うなずくだけなら、ウソをついても、黒い煙は出ないから。

だけどなんだか、すごくズルい抜《ぬ》け道を使ったみたいで、しかもそれを樹ちゃん相手にって思うと、心の底がじわっと冷たくなった。

樹ちゃんはカケラも疑わずに、「そうなんだぁ」って笑みを深くする。

「ウソつき」

投げられた言葉に、ヒヤッとした。八上くんの声だった。そして彼は自分が吐《は》いた黒い煙に、ゲホッとムセて、また顔を背《そむ》けた。

今、ウソをついたの、しっかり見られちゃったんだ。それに……やっぱりこの人は、煙を感じてる。

樹ちゃんがふしぎそうに目を瞬いたところで。

「樹せんせー。お花ってどのくらい入れていいのー？」

樹ちゃんは他のコに呼ばれて、「はーい」とそっちへ行っちゃう。

「わぁ、きれいに飾ったね。また上から液をかけるけど、乾いた時に、ぽろぽろ落ちちゃったらもったいないな。ここらへんの花は重ならないように、位置をちょっとだけズラしてみる？」

樹ちゃんの穏《おだ》やかな声を聞きながら、わたしは手もとを見つめる。

八上くんと、全然うまく行かないな……。煙のこととか、聞いてみたいのに。

ピンセットでつまんだ花びらが、ちぎれちゃった。

矢神さんちで紙漉き体験をさせてもらった時、作品には魂《たましい》がこもるから、心を集中して、紙の事だけ考えるんだって教えてもらった。

わたしはピンセットをギュッと握り、まぶたを閉じ、ふーっと息をつく。

今は、こっちに集中！

……なんて、単に作業に夢中になって、八上くんの事を忘れようとしてるだけだ。

黒い煙を怖がりながら、言葉にせずにウソついたり、こっそりごまかそうとしたり。

そんな自分が悪いのに、「人に嫌われてる」って思うと、それだけでけっこうショックだ。……最近、クラスでうまくやれてたぶん、贅沢《ぜいたく》になってるのかな。

ピンセットを持ったまま、わたしは動きが止まっちゃう。

アキが「りんね？」って覗き込んできたところで、

「――ッ!?」

急に、目の前が真っ白になった！

まぶしい光が、一瞬にして教室中に広がる。とても目を開けていられない。わたしは腕で目をかばう。

すぐそこに、なにかいるっ！　強くて大きいなにか……っ。

こんなの人間の気配じゃない！

鮮烈《せんれつ》な光は、まぶしいだけじゃない。袖をまくった肌が、ビリビリ灼《や》きつけられる。

「りんねちゃん！」

樹ちゃんの声。ガバッと正面からかばわれて、まぶたの痛みが楽になった。

光もみるみる小さくなって――、気配も小さくなる。ううん、遠ざかったのかな。

「い、樹ちゃん、今のは……っ？」

「なんだろう。ぼくにもわからない」

その声が、頭の中の「樹ちゃん」よりずっと低くて、しかもわたしを抱きしめる腕の力も強くて、ビックリしちゃった。

みんなもザワザワし始めた。

「す、すっごい雷《かみなり》だった……？」

「けど、ドーンって言わないね？　なんの光？」

アキたちがけげんそうに窓の外に目をやる。

「きゃあっ！」

桜の悲鳴に、心臓が跳《は》ね上がった。

まさか、また悪いものが来た⁉　今は黒い煙も出てなかったのにっ。

わたしはまだ白くかすむ目を、何度も瞬かせる。

だけど桜が指さしてるのは――、わたしと、樹ちゃんだ。

桜はほっぺたを真っ赤に染めて、瞳はきらきら。……これは、なんの大コーフン？

わたしは樹ちゃんを見上げ、樹ちゃんもわたしを見下ろす。

あ、この体勢⁉

樹ちゃんはパッと両手をバンザイする。わたしも彼から飛び退《の》く。

二人しておたがいに一歩下がり、とりあえず、えへへと笑った。


中庭は人気もなく静まり返ってるし、空も、冬の澄《す》んだ青色のまま。

他の教室へ確認《かくにん》に行ってみても、そんな光には気がつかなかったって。照明や電気関係だって、問題ないそうだ。

美術室の全員で目撃《もくげき》してるし、なにかいたのも、気のせいではないと思うけど……。黒い煙みたいな嫌《いや》な感じはしなかったから、心配しなくていいのかなぁ。

結局、光の正体はわからないまま、講座は続行になった。

わたしはやっとこさ一枚を完成させ、アキたちはかわいいのを三枚も作ってた。後は天日干しして、しっかり乾いたら、はがして持って帰っていいって。

「ねぇー。りんねちゃんたち、ほんとにただの幼なじみなのぉ？」

「つき合ってるキョリ感だったよね。こっちがドキドキしちゃったよ」

さっきの件で、桜とアキは完全に疑いの眼《まなこ》だ。

「逆に、ただの幼なじみじゃなきゃ、あのキョリ感はないよ」っていう玲連の冷静なフォローと、まったくの平常心の樹ちゃんの態度に、みんな納得《なっとく》してくれたみたいだけど……。

彼を囲むみんなの楽しそうな空気に、わたしは安心する。

——そして、窓ぎわに立てかけた大きな板には、乾燥《かんそう》中の和紙が並んで貼《は》り付けられて、壮観《そうかん》だ。

わたしたちはやりとげた顔で、あれがかわいい、これもいいねって品評会。

押し花でカラフルな作品の中、すみっこの一枚だけ、ただの真っ白だ。

飾りをなんにも入れてない、潔《いさぎよ》いくらいの白一色。

これはきっと、八上くんのだ。最後まで、飾り付けのテーブルに近づいて来なかったもん。

紙の繊維が透《す》けるほど薄《うす》いところもあれば、ぼこっとふくらんで、波打ってるところもある。

どうしてか目を離《はな》せずに見つめてたら、樹ちゃんも横に立って、「これ、すごいよね」って。

「紙漉きの修行をしてる人はゼッタイに作らない作品だけど、だからこその、凄《すご》みみたいなのがあるなぁ」

「うん。この紙で書道したら、すごく荒々《あらあら》しい字になりそう……」

筆を走らせてみたい気持ちと、ちょっと怖いような気持ちが同時に湧《わ》き上がってくる。

もちろん、八上くんがわたしに「使っていいよ」なんて言ってくれるはずがないんだけど。

——そうして、樹ちゃんの人徳のおかげか、みんなが片づけまで手伝ってくれて、無事に体験会は終了《しゅうりょう》した。

最後は、係が講師を職員室までお見送りするんだけど、八上くんは「一人で充分だろ」って、自分は行く気ゼロ。

わたしはみんなにうらやましそうに手を振られて、美術室を後にした。


「樹ちゃん、この後は匠お兄ちゃんの工房に行くの？　今日は泊《と》まっていくんだよね？」

前に会った時は、どんな風にしゃべってたっけ。

敬語が飛び出しそうになるのを気をつけながら、樹ちゃんと廊下を歩く。

それで、窓ガラスに映った自分と彼の身長差に、改めて驚いた。わたし、煮干《にぼ》しの量が足りないみたい。

でも、冷たい牛乳はお腹壊《なかこわ》しがちだしなぁ。

「そのつもりだったんだけど、急用ができて、帰る事にしたんだ」

「えっ？　じゃあ、もうこのまま新幹線？」

「りんねちゃんと、もっと遊んで行きたかったんだけどなぁ〜」

ほんとに残念そうに眉を下げられて、わたしも肩がしょぼんと下がる。

せっかく三重から来てくれたのに、このままサヨナラだなんて思ってもみなかった。変に緊張《きんちょう》してる場合じゃなかったんだ。

「――ねぇ、りんねちゃん。さっき、この廊下に現れたオオカミの事なんだけど」

樹ちゃんは前を向いたまま、静かな声。

わたしはドキリとして、となりに首を向けた。

「う、うん。あれって、悪いものだよね？」

「悪いもの……。そっか。りんねちゃんはそう呼んでるんだね。たしかにあのオオカミは、それだった」

じゃあやっぱり、ただの動物じゃなくて、矢神さんちの一族が戦い続けてる、「敵」だったんだ。

「あのオオカミのこと、ぼくから八上くんに説明しておかなくて大丈夫？　あんなのに出くわして、驚いてたんじゃないかな。講座中、ぼくはなにも聞かれなかったんだけど」

「……なんかね、慣れてる風だったの。わたしも一緒に、流しのカゲに隠してくれたんだよ」

「慣れてる？」

樹ちゃんの足が、ピタッと止まった。

「前にも見かけた事があったみたい。……あのね。八上くんは黒い煙も見えてそうなの。そういうのに、敏感《びんかん》な人なのかな」

樹ちゃんはまた歩き出しつつも、「うーん」とうなった。

「苗字《みょうじ》がうちと同じ、『ヤガミ』なのも気になるんだよね。『八』に『上』って書くんだっけ？　だけど一族に、そういう苗字の分家があるとかは聞いたことないなぁ……。一族のコなら、文房四宝を作る修行をしてるだろうから、ああいう紙は作らないだろうし。珍しい苗字でもないから、カンぐりすぎかな」

八上くんが文房師なら、黒い煙が見えるのも悪いものに慣れてるのも、なるほど、だけど。樹ちゃんが知らないなら、ちがうんだよね。

「それともこの学校って、慣れちゃうほどマガツ鬼《き》が出てくるの？　ぼくがここに着いた時も、邪気《じゃき》がたまっててビックリしたんだよ」

「ううん、そんな事ない。近ごろ、ちょっとクラスが荒《あ》れてたから……。でもさっき、樹ちゃんがきれいに消してくれたもんね」

そういえばお礼も言ってなかった。今さらだけど、ありがとうって頭を下げたら、彼はきょとんとして目を瞬いた。

「りんねちゃん、柏手はできるよね？　自分で散らせるのに、どうしてあんなにたまるまで、自分で祓《はら》わなかったの？」

「それは――、」

いきなりみんなの前でパンッなんてしたら、〝フシギちゃん〟って思われるでしょ？　それが怖くて。

……なんて、言えない。

樹ちゃんはしっかり「文房師」として柏手を打ってくれたのに、失礼すぎる。わたしが臆病《おくびょう》なことだって、知られたくないよ。

樹ちゃんはおっとりした笑顔で、わたしの言葉を待ってくれてる。彼にウソをついたら、黒い煙ですぐバレちゃう。でも理由を聞かれてるのに、ただうなずいてごまかすこともできない。

「え……、と、」

大好きなお兄ちゃんを前に、当たり障《さわ》りない言葉を探す自分も嫌いだ。耳の横がきゅっと引きつれる。

「邪気はなるべくためないほうがいいよ。柏手のやり方が不安だったら、一緒に復習しておこ、」

「わーっ、あんた、匠の弟でしょっ？」

廊下の先から、唐突《とうとつ》に声がかかった。

「めっちゃ似てんじゃん。匠んち、みんなそろってデザイン良すぎ。りんねもひさしぶり」

職員室の手前で、背の高いオトナの男の人が、手を振ってる。

スーツを着てるのに、シャツのすそも出てるしネクタイもゆるゆるだし、髪にはハデなメッシュが入ってる。社会人になっても、まんまの――、

「万宙くん！　よかった、まだ帰ってなかったんだ」

わたしは樹ちゃんのとなりから、全力走で彼に駆け寄る。

目の前に立つと、万宙くんはひょいっとおじぎして、自分の頭をわたしに寄せてきた。まるでワンちゃんがジャレつくみたいに。

わたしはうふっと笑い、彼のハデな色のつむじをヨシヨシなでた。ブリーチされた髪は、ほんとにワンちゃんみたいな手触《てざわ》りだ。

これ、わたしたちのあいさつみたいになっちゃってるの。

書道歴はわたしのほうがちょっぴりセンパイだから、いい字が書けるたびに、「りんね、ほめて〜」って、頭を寄せてきて。むかしの部活の時みたいで、懐かしいなぁ。

「りんねも中学生か〜。中等部の制服着てんの、めっちゃ違和感あんな」

ふにゃっと笑った彼は、今度はわたしの頭をワシワシなでてくれる。

「佐和田はあいかわらず自由だなぁ」

万宙くんと立ち話してた先生は、話を中断されちゃって苦笑いだ。それに気づいて、わたしは「すみません！」とあわてて下がる。

もしかして万宙くん、わたしが困った顔をしてたから、急いで割って入ってくれた？

「佐和田万宙さんですよね。兄から、ウワサはうかがってます」

樹ちゃんは急に大人っぽいしゃべり方になって、万宙くんにぺこりと頭を下げた。

「それ、絶対いいウワサじゃないっしょ。匠にバーカバーカって言っといて」

「ぼくがムッとされますよ」

あははっと笑う樹ちゃんに、万宙くんも先生も一緒に笑う。

柏手や悪いものの話は、それきり。万宙くんに助けてもらっちゃった。

職員室のまえでちょっとおしゃべりしてから、「またね」って、樹ちゃんと万宙くんとサヨナラした。

一人で教室にもどりながら、心の中で、今日の自分への大反省会を始めちゃった。

せっかく三重から来てくれたのに、樹ちゃんともっといろいろ話したかった。もっと前みたいにキャッキャしたかったのに、どうして変にぎこちなくなっちゃったんだろう。悲しくなってきたよ。

向こうは、小さい頃と変わりなく笑いかけてくれたのに。

帰り道、桜たちから樹ちゃんについての質問攻撃《こうげき》にあいながら、わたしも彼の事ばっかり考えちゃう。

体験で作った紙で、双子にお手紙を書こう。それで次の夏休みこそ――ううん、できたら、すぐそこの冬休みでも春休みでも、遊びに行きたいな。

そう決めたら、少し気持ちが軽くなってきた。

それから……、八上くんとも、黒い煙や悪いものの事とかについて、いつか話せたらいいな……。

こんなに近くに、自分と同じかもしれない人がいたなんて、全然気づかなかった。

すっごくうれしいのに、

――ウソつき。

彼の冷たい視線が頭によみがえって、体の芯《しん》がギュッと硬くなる。

たぶん、無理だよね。八上くんはわたしと仲良くなりたいなんて、カケラも思ってくれてない。それどころか、完全に嫌われちゃってるんだもん。

クラスで一番ムカつくっていうのも、〝天使〟なんて呼ばれてるくせに、わたしが煙を出さないようにギリギリでごまかしたりしてるのを、彼はとっくに気づいてたからだ。

あの人には、わたしが全然〝天使〟なんかじゃないって、見透《みす》かされてしまってる……。

❸ 悪いもの

今日はきっと、昨日の文化体験会——っていうより、樹《いつき》ちゃんの話題で持ちきりだ。

朝いちばんの昇降口《しょうこうぐち》まえで、わたしはスカートの布をにぎりこんで、深呼吸。

いろいろ聞かれると思って、心の準備はしてきた。でも、いざ教室に向かうのは、勇気がいる……っ。

おはようのあいさつを交《か》わし合う生徒たちの中に、玲連《れれん》を見つけた。

彼女がゆっくり登校するのは珍《めずら》しいかも。背中を追いかけようとしたけど、わたしがクツをもたもた履《は》き替《か》えてる間に、見失っちゃった。

あきらめて一人で階段をのぼっていくと、教室は、予想とちがう話題で盛り上がってた。

「うそぉ！　ほんとにっ？」

「じゃあさ、オレのおじいちゃんも写るっ？　去年死んじゃったばっかなんだけど」

騒然《そうぜん》としてるコたちの中心に、玲連がいる。

「あ、あれ？」

今さっき昇降口で見かけたのに、教室にワープした⁉　……なんて事はありえないから、さっき玲連と思ったのは、わたしの見間違《みまちが》いだったんだ。

玲連はいつもどおりの落ち着きはらった横顔で、男子にスマホカメラを向ける。

「未来さん未来さん、滝沢《たきざわ》くんのおじいちゃんを写してください」

シャッター音が響《ひび》いた後、みんなが一斉《いっせい》にスマホを覗《のぞ》き込む。

そしたら、滝沢くんが腰《こし》を抜《ぬ》かして、ガタンッとイスに座り込んだ。

「マジでおじいちゃんだぁ……。ヤッバ……！」

戸口で立ちつくすわたしのところに、桜《さくら》とアキが駆《か》け寄ってきた。

「りんねちゃん、おはよぉ」

「玲連がすごいんだよ。本当に霊能力者《れいのうりょく》者になっちゃったみたい」

「れ、霊能力者……っ？　玲連、また『未来さん』をやってるの？」

二人の話だと、玲連が「未来さん」アプリで、未来の恋人《こいびと》じゃなくて、心霊写真を撮《と》り始めたんだって。

「だけどあれ、ジョークアプリだったんだよね？　写り込むのは、ＡＩの映像だって」

「そうだよねぇ。それに、幽霊《ゆうれい》を写すアプリでもないのにねぇ」

「あのブレスレットが効いて、霊感に目覚めちゃった……ってコト？」

そういえば玲連のパワーストーンブレスレット、霊感を高める効果があるって言ってたっけ。

桜とアキはぶるっと震《ふる》えながら、人垣《ひとがき》に目をやる。

わたしは教室を見回す。

いい、いい、いい、悪いものはいない。黒い煙《けむり》だって出てない。なのに、なんだか嫌《いや》なムードだ。

朝礼が始まって大騒《おおさわ》ぎは中断したものの、休み時間のたびに、玲連の周りは人だかりができて、わたしたちは近づくこともできない。

お昼休みに書道部の部室へ逃《に》げて、やっとこさ玲連と話せた。

部室のカギは、いつも部長さんのクツ箱に入ってて、必要な時に使っていいことになってる。

でもさすがにこの時間は暖房《だんぼう》もついてないから、しんしんと冷える。四人でイスを寄せ、くっつきあって、お弁当を開いた。

すると、玲連がすごく疲《つか》れた顔で息をついた。

「こんな大騒ぎになると思わなかったよ。昨日の夜、アプリを消す前に、もう一回だけ試《ため》してみようと思って、お姉ちゃんを撮ってみたんだ。そうしたら、うちのおばあちゃんが写っちゃってさ」

「お、おばあちゃんが？」

玲連がお葬式《そうしき》で学校を休んだのは、ついこの間、秋の入り口だったから、よく覚えてるよ……っ。

写真を見せてもらったら、ほんとにお姉さんの真横に、おばあさんが写ってる。亡《な》くなってるって知らなければ、「ふつうに一緒《いっしょ》に撮ったんだよね？」って思うくらい、くっきりと。

全身に鳥肌《とりはだ》が立った。

朝、教室で撮ったっていう他《ほか》の写真も、ぼんやりとした人影《ひとかげ》から、目鼻立ちがハッキリわかっちゃうのまで、百発百中で写り込んでる。

「レビューには、幽霊が写ったなんて人は、だれもいなかったよね」

「まぁね。それでも現に写っちゃったんだよね。もちろんトリックじゃないよ」

玲連は他人事《ひとごと》みたいに平常心だ。

そしたら、アキが自分自身を指さした。

「じゃあ、うちのばあちゃんを撮ってみてよ。うちが生まれる前に死んじゃってるけど、写真は見せてもらったことあるから、写れば分かると思う」

「いいよ」

玲連はサンドイッチをお弁当箱にもどし、未来さんに呼びかけて、アキを撮る。

シャッター音が鳴ったあと、わたしたちは急いで画面を覗き込んだ。

「――う、写ってる。ほんとにうちのばあちゃんだ。いつも着物の人だったから、これ、そうだよ」

さっきの写真より、ずっとぼんやりしてるけど……。アキの横の空間に、たしかに着物姿の人影が写ってる。わたしの向かいに座ってる実際のアキのとなりには、なんにもいないのに。

わたしは悪いものや精霊《せいれい》みたいなものは分かるけど、人間の幽霊は見たことない。

でも、そこにいるのかな。本当に、幽霊が？

四人で顔を見合わせた。

「すご……。玲連、マジで霊感に目覚めたかんじ？」

アキが震える手で、彼女にスマホを返す。桜はひゃああとわたしに抱《だ》きついてきた。

「で、でもぉ。『未来さん』が〝本物〟のアプリだしても、あれって恋人を写してくれるヤツでしょ？それがどうして、幽霊を撮っちゃうの？」

「それは……、わたしが霊感がほしいって思ってたから、未来さんが力を貸してくれてるのかな」

玲連の説明に、納得《なっとく》できたような、できないような。みんなで眉《まゆ》をひそめる。

アキはカラアゲを、ごくんっと飲み下した。

「この前、『さよならボタン』が変だったじゃん。やっぱり、ちゃんとさよならできてなくて、コックリさんみたいに、未来さんが玲連にとり憑《つ》いてる……とかはない？」

わたしたちは、思わず玲連の背後をうかがっちゃう。

「りんねちゃんは、どう思う？」

「え、えっと」

桜に話をふられたけど、話題が話題だから、わたしはヘタなことを言えない。

何を言うべきかグルグルしてると、玲連がわたしをチラ見してから、スマホをわきに置いた。

「とり憑いてるって言うと、聞こえが悪いけど。偶然《ぐうぜん》、わたしと『未来さん』の波長が合って、本物を呼び出せちゃったのかもね」

玲連は「わかんないけどさ」といつものクールな顔でつぶやき、またサンドイッチを食べ始めた。


教室にもどったとたん、玲連は待ち構えてたコたちに取り囲まれた。

わざわざ二年生のセンパイまで、出張して来たんだって。わたしたちは外に押し出され、ぽかんとして、その大きな輪を見守る。

「心霊動画とか大好きなんだよね。自分に背後霊が憑いてないか、一度、みてほしかったんだぁ」

「でも、わたしはお祓《はら》いはできないんで、撮るだけですよ？　後は自己責任でお願いします」

「オッケーオッケー。あ〜、でもどうしようっ。怖《こわ》いのが写ったら」

わたしは身長が足りなくて、輪の中が全然見えない。内側からシャッターの音が響いてきた。

「あ……っ」

玲連の小さな声が、いやに大きく聞こえた。

「ヤダァッ！　な、なにこれぇ！」

頼《たの》んだセンパイも悲鳴を上げ、周りも「ウワッ」、「やべ！」って叫《さけ》びだす。

玲連を囲む壁《かべ》がくずれて、みんな机やイスに体をぶつけながら、一気に距離《きょり》を取った。

教室の真ん中に残ったのは、スマホを手にしたままの玲連と、へたっと床《ゆか》に座りこんじゃった、真っ青な顔のセンパイだ。

「ど、どうしたのっ？」

騒然とした空気の中、わたしたちは玲連のところへ駆け寄る。

玲連は自分も青ざめた顔で、スマホの画面をこっちに向けた。

センパイが両手をピースして写ってる。ピントは彼女にぴったり合ってるから、ブレてるわけじゃないのに、
ぼんやりした輪郭《りんかく》の女の人が、真後ろに立ってる。

白目は溶《と》けて垂れさがり、黒い髪《かみ》はバサバサ。口もアゴのあたりまで裂《さ》け落ちてて……っ。

わたしたち三人も、ヒュッと息を吸って凍《こお》りつく。

「き、気持ちワルっ。それシャレになんないよっ。消して⁉　あんたヤバいってば！」

センパイは叫んで、玲連からお尻《しり》で後ずさる。

その口から黒い煙がブホッと噴《ふ》き出したけど、直撃《ちょくげき》を食《く》らった玲連は、ただ呆然《ぼうぜん》と彼女を見下ろしてるだけ。玲連は、煙のほうは感じてない？

センパイの背中にはなんにも見えない。でも、そこに本当に、あんな幽霊がいるの？

「おーい、どうした。二年まで集まってきて、なにやってるんだ？　もう予鈴《よれい》が鳴ってるぞぉ」

先生が戸口から入ってきた。

センパイたちは教室から引き上げてくれて、すぐに五時間目が始まった。

わたしは教卓《きょうたく》の真ん前の席だから、後ろの様子はわかんない。でも、みんなの授業どころじゃないって空気が、ぴりぴり伝わってくる。

玲連は大丈夫《だいじょうぶ》かな。わたしだったら、あんな風にみんなの前で「ヤバい」なんて叫ばれたら、とても平気じゃいられない。

——ふつうじゃないよ。

——ヤバいよ、あの子。

いつかわたしに向けられた声が、頭によみがえってくる。心臓がバクバク脈打つ。

先生の授業は、まるでお経《きょう》みたいで、ぜんぜん頭に入ってこない。

玲連は今、不安でいっぱいだよね。みんな簡単には忘れてくれそうにない。

もし玲連が避《さ》けられたり、変な事を言われるような事があっても、わたしはちゃんと、ふつうに接しよう。絶対に〝変なコ〟あつかいなんてしないから。大丈夫だからね、玲連。

わたしは心の中で彼女をはげまして、そわそわした気持ちがぬけないまま、午後の授業を過ごした。


そして、やっぱり、お昼休みの写真の一件から、教室の空気が変わった。

窓の外は晴れてるのに、ずっとうっすら黒い煙が漂《ただよ》って、大雨の日みたいにどんよりしてる。

ひそひそウワサ話が聞こえてくるのに、玲連が近くにいるって気づくや否《いな》や、みんなパッと話をやめる。

まるで玲連のキゲンを損《そこ》ねたら、自分が祟《たた》られるかもって怖がってるみたいに。

心霊写真は、アキが「さすがにマズいよ」って消去させた。

桜は「玲連、すごいよぉ。ホラー動画の実況《じっきょう》、自分でできちゃうねぇ」って笑ってたけど、その笑顔《えがお》は、やっぱりあきらかに無理してた。

今日は、書道部がある日だ。部室なら、落ち着いて相談に乗れるよね。

さようならのあいさつの後、日直が空気の入れ替えで窓を開けると、冷たい空気が入ってきた。なのに教室に充満《じゅうまん》してる黒い煙は、もやもやと雲みたいにわだかまって、流れていってくれない。

早くここから離《はな》れたほうが良さそうだよ。

わたしはすぐさま、カバンと書道バッグを手に提《さ》げた。

八上《やがみ》くんが教室から出ていくのを、目を合わせないように見送ってから、急いで玲連の席に駆け寄る。

「玲連、部活行こっ」

玲連はわたしの勢いにきょとんとしてから、声を立てて笑った。

「なに、りんね。そんなに心配しなくても、わたしは大丈夫だよ」

「う、うん？」

玲連は筆箱に、ペンを一本一本、ゆっくりとしまっていく。

「だって、りんねもこっち側だもんね。だからわたし、一人じゃないし」

「……えっ？」

玲連はナイショ話をするように顔を寄せてきた。

「ホントは今も見えてるんでしょ？　ええと、黒い煙だっけ？　オーラみたいなやつ？」

サーッと血の気が引く音が、自分の耳にまで聞こえた気がする。

「み、見えない！」

わたしは彼女からバッと離れた。

玲連、わたしが隠《かく》してるのに気づいてたの——!?

急に大きな声を出したわたしに、四方八方から視線が集まってくる。わたしはますます体が震える。

や、やめて。よりによってこんなトコで、そんな話をふらないで……！

心臓が胸の内側で上下に跳《は》ねる。

「わ、わたしは見えないよ、そんなの」

「……そんなのって、なに、その言い方。わたしが撮った写真がウソだって言いたいの？」

わたしはハッとした。怒《おこ》らせちゃった？

「あの、玲連の写真を疑ってるんじゃないよ。ただ、わたしは見えないから……って」

「疑ってるじゃん。だけど現に、写ってるよね？」

言い訳したわたしを、玲連は炎《ほのお》みたいな瞳《ひとみ》で、にらみつけてくる。

怖いと思ったが最後、頭がまっしろになって、返す言葉がなんにも浮《う》かんでこない。

考えてもみなかった。

玲連は、「写っちゃった、どうしよう」じゃなくって、「写せた！」って気持ちだったの？

彼女は手首のお守りブレスレットを、大事にさする。


「りんね。特別なのは、自分だけだと思ってるでしょ」


不意打ちの言葉に、わたしは瞬《まばた》きして、玲連を見つめた。

「りんねって昔からそうだよね。自分は、みんなとはちがうからって顔」

「……そんなんじゃないよ……っ」

とっさに笑顔をとりつくろえなくて、顔がゆがんじゃう。

わたし、ふつうじゃないのをバレないように、ずっと、ずっとがんばってて、うまくやれてたつもりなのに。ほんとは全然ダメだったの？　ふつうじゃないの、バレバレだった？

ようやくカサブタができてきた傷を、ツメを立てて引っかかれたみたいだ。

唇《くちびる》を噛《か》んで痛みをこらえたら、代わりに涙《なみだ》がジワッとにじみ出てきた。こんなところで泣きたくない。

泣いたら、大事になっちゃう。

「わたしも特別になっちゃったみたい。りんねだけじゃなくなるの、気に食わないよね。ごめんね？」

ぼふっと噴き出した濃《こ》い煙に、わたしは一歩下がる。

わたし、自分だけちがうのを、特別だなんて思った事ないよ。やだよ、やめようよ。ケンカなんてしたくない。仲良し四人、このままでいたいのに。

玲連とわたしの間の冷えた空気に、教室のみんなが気がつき始めた。視界のすみで、アキと桜も弱り顔で立ち尽《つ》くしてる。

グルルルル……。

静まり返った教室に、妙《みょう》な音が響いた。

……今の、まさか、ケモノのうなり声？

ぎこちなく振《ふ》り向くと、後ろの戸口から、ひたっ、ひたっ、と、足音を立てて、黒っぽい毛並みの動物が入ってくるのが見えた。

「犬？　なんで学校の中に？」

「首輪してないよ。野良犬《のらいぬ》？　ヤバいよな」

「せ、先生呼んで来ようよ」

後ろの席のほうのコたちは、じりじり下がって、その黒いケモノから距離を取る。

ケモノは教室内に散らばって立つわたしたちに、ぐるりと眼《まなこ》を巡《めぐ》らせた。その眼が、赤くらんらんと光ってる。

ドッと冷たい汗《あせ》が噴き出した。

——悪いもの、だ。

わたしは真上を見上げた。黒い煙が天井《てんじょう》にわだかまってる。あれを食べに来たんだ。

文化体験会の日に出てきたのと、同じ悪いものだよね。樹ちゃんが追い払《はら》ってくれたけど、消せたわけじゃない。また、煙を求めてもどって来たんだ……っ。

わたしが煙を柏手《かしわで》で対処しないで、そのままにしてたせい？　樹ちゃんから「ちゃんと散らしたほうがいい」って、忠告してもらってたのに。

「ちょ、ちょっと。あれ、オオカミじゃない？　うち、犬飼ってるけど、あんなシュッとしてないよ」

「オオカミがこんなとこにいるわけないじゃん」

みんなのザワザワが大きくなる。不安の言葉が黒い煙になって天井へ昇《のぼ》り、照明の明かりをさえぎる。

オオカミが教室の中をゆっくりと歩いてくる。

わたしは全身が心臓になったみたいで、どくどくとスゴい音に、めまいまでしてきた。

どうしよう、どうしよう……！

教室にはまだ生徒がほとんど残ったままだよ。これ、どうなるの？　煙を食べたら、すぐ帰ってくれる？　わかんない。ちーちゃんもカラスさんも、樹ちゃんもいないんだもの。

わたしには何もできないのに……っ。

教室の前と後ろの至近距離から見る悪いものは、鼻先にシワを寄せ、赤い歯ぐきを見せ、下のキバからは、ぼたぼたよだれを垂らしてる。

作りものじゃない本物のケモノの生々しさに、あのキバが自分の首に突《つ》き立ったらって、足がすくむ。

「『未来さん』？」

玲連の声が、教室のざわめきにスッと通った。

みんなそろって、彼女に目を向ける。

「すごいっ、ほんとにいる！　あなた、未来さんなんでしょ？　このまえの夜、スマホから飛び出してきたの、見たんだからっ。やっぱ夢じゃなくて現実だったんだ……！」

彼女は顔をはち切れんばかりの喜びでいっぱいにして、ふらり、オオカミに歩み寄ろうとする。

「れ、玲連？」

あのオオカミは、スマホアプリから出てきた未来さんなの？　ちがうよね。悪いものだよね。

それとも未来さんが、もともと悪いものと関係あったりする？　だったら、彼女が心霊写真を撮り始めたのも、悪いものの仕業《しわざ》ってこと？

考えるうちに、呼吸まで速く、荒《あら》くなっていく。

とにかく、みんな逃げて。危ないよ。

叫ばなきゃいけないのに、言葉は喉《のど》の内側に貼《は》りついたまま。

だって、わたしから行動を起こしたら、「なにか知ってるの?」って、みんな不審《ふしん》に思う。

玲連だって、わたしがふつうじゃない事を勘《かん》づいてたのに。しかもさっきの玲連との会話を、みんなも聞いてたかもしれないんだよ。

やだ、ふつうじゃないの、バレたくないよ……っ。

冷や汗がぼたぼた落ちる。スカートのポケットのあたりを、上からぎゅっと握《にぎ》り込む。

玲連は瞳を輝《かがや》かせて、オオカミに近づいて行っちゃう……!

「未来さんが、わたしが特別だって信じてもらえるように、みんなの前に出てきてくれたんだよっ。そうなんでしょ!?」

オオカミは身を低くして、彼女の様子をうかがってる。あれ、獲物《えもの》に襲《おそ》いかかる寸前の動きじゃないのっ?

わたしはまだ声が出てこない。でも、玲連を行かせちゃダメだ!

どうしようもなくて、わたしはとにかく、彼女の腕《うで》に抱きついた。アゴを下げて言葉を出そうとするけど、なんにも音にならない。

「放してよ」

玲連はすがりつくわたしのおでこを、手のひらで突き放した。だけどわたしはもう一度、彼女の腕に抱きつきなおして、ぶるぶる首を横に振る。

「りんね、ウザいって。そんなに、わたしが自分より目立つのがイヤなの？　ほんとの〝天使〟なら、嫉《しっ》妬《と》なんてしないはずだよ」

間近の口から黒い煙が、ぼふっと吐《は》き出されて、わたしの顔に直撃する。

わたしは息を止めて、また首を振る。

グルル……ッ。

オオカミがグッと身を沈《しず》めた。飛びかかってくる⁉

そっちに気を取られた瞬間《しゅんかん》、視界に赤い光がにじんだ。

なにこれっ。玲連の体が、赤く光ってる……！

彼女自身もエッと声を上げる。

禍々《まがまが》しい光に包まれた玲連が、視界からヒュッと消える。

ちがう、床に吸い込まれて、真下へ落ちていく！　床に穴が開いた⁉

教室中からみんなの悲鳴が上がる。

「玲連っ！」

やっと声が出た。わたしは彼女の腕にしがみついたまま、自分まで下に引っぱられる。

アキと桜も腕を伸《の》ばして、こっちに駆け寄ってくる。でも間に合わないっ。

——落ちる！

「りんねちゃん！」

後ろから肩《かた》をつかまれて、ものすごい力で反対側に抱きもどされた。

どさっ。

わたしは尻もちをついた。床に吸い込まれる事なく、ぺたんと、硬《かた》い床に。

同時にオオカミが、わたしの真上に向かって跳ねる！

オオカミは大口を開けると、天井にわだかまった黒い煙を、食べた……！

とたんにクラスのみんながウッとうめき、次々と床に倒《たお》れていく。

「えっ、え⁉」

なにが起こってるの⁉

オオカミが着地する前に、銀色の棒が、その首に命中する。

床に叩《たた》きつけられたオオカミは、キャウッと悲鳴を上げ、体勢を立て直すなり、窓の外へ飛びだした。

……教室は、急に静まり返った。

床に、銀色の棒——文鎮《ぶんちん》が転がってる。窓から吹《ふ》き込む風に、カーテンが揺《ゆ》れる。

わたしは震えながら、尻もちをついたまま。

「に、逃げてくれた……」

黒い煙を食べた。やっぱりあれは「未来さん」なんかじゃない。悪いものだよっ。

ぎしぎし音を立てる首を動かして、周りを見回す。

アキと桜が、床に突っ伏《ぶ》してる。他のみんなも倒れて、だれも動かない。

わたしは、空っぽの両手に目を落とした。

「れ、れれんっ」

どうしよう、わっ、わたし、玲連の腕を放しちゃった。

彼女が落っこちた所にガバッと飛びついたけど、なんで⁉

玲連が立ってた所には、影みたいな黒っぽいシミが広がってるだけで、穴がない！

ぺたぺた手で触《さわ》っても、ただの床だ。だけど玲連は落っこちたよね？　どこに消えたの⁉

全身の毛がザワッと逆立つ。

悪いいいものが、なにかしたんだ……！

「りんねちゃん、ケガは」

つむじの上から、声が降ってきた。わたしは今さら、自分を助けてくれた人を見返った。

涼《すず》しい顔立ちのお兄さん。

「――樹ちゃん」

昨日サヨナラしたばっかりの人が、なぜかそこにいる！

彼はわたしの両脇《りょうわき》をひょいっと持ち上げて、立たせてくれた。しかもひふみ学園の制服を着てる。

「ごめん。もうちょっと早く気づいてたら、こんな事にはさせなかったのに」

樹ちゃんは、アキたちの顔色を確かめてから、小さくうなずいた。

「大丈夫。自分が出した邪気《じゃき》――あの黒い煙を食われた人間は、下手《へた》すると死んじゃう事もあるんだけど、今はちょっとかじられただけだから。すぐに目が覚めるよ」

「ほんとに……っ？」

樹ちゃんはオオカミが逃げた窓から、下を覗き込んだ。

「まだいるな。ちょっと行ってくるね」

彼は教室から駆け出した。わたしは放心したまま目で追っていたけど、

「——あっ。樹ちゃん、待って！」

遠ざかる足音に我《われ》に返って、あわてて彼の後を追った！


オオカミの事も、消えた玲連の事も、そしていきなり現れた樹ちゃんの事も、怒濤《どとう》の出来事すぎて、もう、なにがなんだかっ。

樹ちゃんはわたしが追いかけてるのに気づいて、階段の手前で足を止めてくれた。

「玲連が消えたの、あのオオカミの仕業なんだよねっ？　オオカミをやっつければ元に戻るっ？」

「うん、戻るよ」

彼はにっこり笑ってうなずく。

「オオカミを消せば大丈夫。あいつはそんなに強くもなさそうだったから、心配はいらないよ」

樹ちゃんは悪いものと戦ってきた一族の人だから、こういう事態には慣れっこなんだ。その頼もしさに、わたしは全身に走ってた電気みたいなビリビリの緊張《きんちょう》が、ちょっとゆるんだ。

「樹ちゃんは、三重に帰ったんじゃなかったの？」

「帰ったよ。帰って、また来たの」

樹ちゃんは、きっちりしめてたネクタイをゆるめながら、イタズラっぽく笑った。

「この制服、匠《たくみ》兄が中学生の時のなんだ。サイズがぴったりで驚《おどろ》いちゃった」

昨日みたいに私服で校舎をウロウロしてたら目立つから、変装してきたのかな。

オオカミが戻ってくるかもしれないって、心配して来てくれた？　でも、だったら三重に帰る必要はなかったよね。

「ごめんね、りんねちゃん。くわしい話は後で。ぼくはオオカミを捕《つか》まえてくる」

彼はわたしの質問が終わるのを待ってくれてたみたい。すぐに階段を下り始める。

「わたしも行く！」

「ううん、ここはぼくに任せて」

「でも、わたしの友達が大変なんだもんっ」

断られてもついて行こうとしたわたしに、樹ちゃんはくるりと振り向いた。

「——りんねちゃんは、どうしたい？」

「え？」

段を下りた彼と、同じ高さで視線がぶつかった。急に、真剣《しんけん》な顔だ。

「……五年前の事件や、もっと昔にあった事を、きみがどのくらい覚えてるのか、どういう風に理解してるのか、今までちゃんと聞いた事がなかったよね。でも——、」

彼は、いつもの〝優《やさ》しいお兄ちゃん〟じゃない、特殊《とくしゅ》な里からやって来た、特殊な修行《しゅぎょう》をしてきた人の顔で、わたしを見つめる。

わたしはたじろいで、スカートの布を両手でつかんだ。

「昨日の紙漉《かみす》き体験で、真っ白な光が噴き出した時。あの場に、ありえないほど『強いもの』がいた。りんねちゃんも気づいてたよね」

「う、うん……」

「ぼくはさっきのオオカミよりも、そっちのほうが気になってるんだ。もしもあんなのが暴れ出したら、学校どころか、街が壊滅《かいめつ》するレベルの災厄《さいやく》を引き起こす」

「……街が、か、壊滅？」

頭に、ちぃくんやお母さんたちの顔が浮かんで、ゾッと首筋が冷たくなった。

「だから長《おさ》に、これを持ち出す許可をもらってきたんだ。ぼくはそのために、いったん三重に帰ってきた」

樹ちゃんは腰のポーチから、なにか取り出す。

筆用の木筒《きづつ》だ。

わたしは息を呑《の》む。開けてもないのに、わたしには、中に入ってるものがなんだか、わかってしまう。

その懐《なつ》かしい気配に、胸をきゅうっと引き絞《しぼ》られる。

裏山のお堂で保管してくれてた、わたしの宝物……！

「りんねちゃん。きみは、ミコトバヅカイになれるチカラを持ってる」

目を見開いて、樹ちゃんを見上げた。

わたしのお兄ちゃんのちーちゃんや、中等部の「姫《ひめ》」――モモお姉ちゃんが、そう呼ばれていた肩書《かたが》き。

今まで耳にする事はあっても、わたしに向けて、そう言われるのは初めてだ。

わたしは呆《ほう》けたように、樹ちゃんを見つめる。

「きみが〝悪いもの〟って呼んでるバケモノは――、ぼくら文房師《ぶんぼうし》は〝マガツ鬼《き》〟と呼んでる。あれは、悪い言葉の邪気から生まれる、『鬼《おに》』なんだ」

彼は語りながら、わたしが今、どれくらいの事を理解してるのか確かめるみたいに、じっと瞳を見つめてくる。

……マガツ鬼っていう言葉も、聞いたことある。わたしにその言葉を教えてくれたのは、カラスさんだ。

人間が吐く、悪い言葉――禍々《まがまが》しい言葉は、黒い煙、「邪気」をまとう。

その邪気から生まれるバケモノが、マガツ鬼。わたしが悪いものって呼んでる、あの動物の姿をした、ふしぎな生き物たちなんだ。

樹ちゃんはわたしの目を見つめたまま、言葉を続ける。

「マガツ鬼は、『言葉の呪《のろ》い』で人間をおびやかす。その鬼を、『言祝《ことほ》ぎ』のチカラで退治するのが、ミコトバヅカイだ。筆を武器に、言葉の術で、マガツ鬼を消し去る事ができるんだよ。それができるのは、ミコトバヅカイだけ。ぼくたち文房師は、ミコトバヅカイにお仕えする、家臣にすぎない」

「家臣……？」

「うん。りんねちゃんは前に、この御筆《みふで》・千花《せんか》を使って戦ってくれた事があるよね？　きみの魂《たましい》には、そういうお役目を果たせる、特別なチカラが備わってる」

トクベツっていう言葉の響きに、さっきの玲連の、憎《にく》むような瞳を思い出す。

わたしは、そんな言葉は、もうこれ以上もらいたくないのに。

——でもわたし、そのミコトバヅカイについて、まったく知らないワケではないんだ。


太古って言うほどの、大昔。

精霊たちとくらし、言葉のチカラを使う、神様みたいなふしぎな女の人がいた。

その人は、チカラを利用しようとした人達に裏切られて、恋人を殺され、憎しみのあまり鬼に堕《お》ちた。

その古代の鬼が「言葉にかけた呪い」のせいで、人間が悪い言葉、禍《まが》ツ言葉を使うたび、悪いもの——禍ツ鬼が生まれ、禍ツ言葉の術で、人間を襲うようになっちゃったんだ。

古代鬼を倒すため、彼女の娘《むすめ》が、一番初めのミコトバヅカイになった。

ちーちゃんも、モモお姉ちゃんも、彼女の血を継《つ》ぐミコトバヅカイ。

わたしが書道や漢字が好きなのは、この二人の影響《えいきょう》だけど……。二人はまさに、特別な筆を使って言葉のチカラで鬼と戦う、ミコトバヅカイだったんだ。

そしてちーちゃんは、強大な鬼をたおすために、自分の命を使い尽くして、……消えちゃった。

カラスさんも、ちーちゃんのお役目に関《かか》わる仲間だったんだと思う。ちーちゃんがいなくなった日に、フッと消えてしまった。

少しだけ残ったちーちゃんの魂は、わたしの弟のちぃくんと、そしてこの御筆・千花に宿ってる。

樹ちゃんが三重から持ってきてくれた、その筆にだ。

……そして樹ちゃんが今言ってたとおり、わたしは五年前、千花を使った事がある。

小学二年生の頃の話だ。

わたしは古代鬼の魂のカケラに、体を乗っとられてしまって。千花で言葉の術を使い、大暴れした。

みんながわたしに怯《おび》える、あの恐怖《きょうふ》の顔は、ずっと頭にこびりついてる。

だけどモモお姉ちゃんが、わたしの体から古代鬼のカケラを抜いてくれたんだ。でもそこで、彼女は力尽きちゃって。

わたしは初めて自分の意志で千花を使い、鬼のカケラを浄化《じょうか》した。


樹ちゃんが捧《ささ》げ持つ千花を、凝視《ぎょうし》する。

この筆は、あの事件以来、ずっと矢神さんちで守られてて、わたしはたまにしか会えなかった。

……ちぃくんと同じだけど同じじゃない、もう二度と会えない、わたしのお兄ちゃんの気配がする。

わたしは無意識に足を踏《ふ》み出し、その筆を手に取ろうとする。

なのに樹ちゃんは腕を引き、わたしから筆を遠ざけた。

「りんねちゃんはこの千花を使って、マガツ鬼と戦える。オオカミを倒して友達を助けることも、ぼくが一人でやるより、ずっと早いと思う。文房師は、マガツ鬼に決定的な攻撃《こうげき》はできないんだ。ぼくら文房師は、ミコトバヅカイが戦うための武器を用意して、となりで支えるのが、本来のお役目だから」

樹ちゃんは千花の筆筒に、視線を落とす。

「だけど」

彼は言葉にするのを迷うみたいに、わたしから目をそらした。でも再び、意を決したようにわたしを見つめ直す。

「だけどその分、りんねちゃんは、——命を削《けず》られる」

「いのち」

おうむ返しにくり返したわたしに、彼はうなずく。

「術は、心のチカラ、命をエネルギーに変えて発動する。だから、術を使ったぶんを、しっかり休んで回復させて、それまで術を使わないようにしてって、よっぽどうまくコントロールしないと、……今まで戦ってくれたミコトバヅカイたちみたいに、……寿命《じゅみょう》が短くなってしまうかもしれない。

でも、いざマガツ鬼と戦いだしたら、チカラの残り具合をチェックしながら、ここまででストップ！　なんて、できるかどうかもわからない」

そこまで語って、樹ちゃんは哀《かな》しい顔で眉を下げた。

「ぼくは、りんねちゃんにはずっと平和で、幸せでいてほしい。本音では、この御筆は使ってほしくない。……それに、昨日の様子を見てて、りんねちゃん自身も、お役目はしたくないんだろうなって思ったんだ。ちがう？」

樹ちゃんは小さく首を傾《かし》げてみせる。

それはきっと、わたしが柏手を打たずに、邪気をたまったままにしてた事を言ってるんだよね？

樹ちゃんの目は、優しい。わたしを責めてるわけじゃない。

だけどわたしは、先生に宿題をやってこなかったのがバレた時みたいな気持ちになっちゃって、顔をうつむけた。

「で、でもね。樹ちゃんは、そのすごく『強いなにか』を見つけたら、戦うつもりでいるんでしょ？　樹ちゃん一人じゃ危ないよ。オオカミのほうだって……」

文房師は決定的な攻撃はできないって、さっき教えてくれたばかりだ。

「大丈夫だよ。捕まえた後、邪気を食べられない所に閉じ込めておけば、そのうち、飢《う》えて消滅《しょうめつ》するはずだから。ミコトバヅカイの直接攻撃よりは時間がかかるけど、なんとかできる」

「そのうち……」

「――りんねちゃん。ぼくが本当はお役目をやってもらいたくないのに、りんねちゃんに話をしたのはね。何も知らせないで、勝手にだまって選択肢《せんたくし》を奪《うば》うのは、嫌だからなんだ。

もしもりんねちゃんが御筆《みふで》を取るなら、ぼくは文房師として、きみを守るパートナーになる。けど、りんねちゃんが『やらない』って決めたって、ぼくたちは今までどおり、大事な友達のままだよ。オオカミの事も、体験会の時の光の事も、全部、任せて。だからだれにも気をつかわないで、りんねちゃんの本心で答えてほしい。――もう一度聞くね？」

樹ちゃんは表情をゆるめて、わたしを安心させるように、にっこりと笑った。

「りんねちゃんは、どうしたい？」

わたしは――。

言われた言葉を、胸の中でもう一度くり返して、スカートをにぎりこむ。

モモお姉ちゃんや、つい数年前までミコトバヅカイをやってた人たちは、自分のお役目をしっかりやり遂《と》げて、卒業した。みんなもう戦える体じゃないのも、わたしにはだれも説明してくれなかったけど、見ててわかってたよ。

だから、今、筆を持って戦えるのは――、きっとわたしだけなんだよね？

わたしは樹ちゃんを見つめる。そして、彼が両手で捧げ持つ、筆筒を。

ふつうじゃない筆を持って、ふつうじゃないチカラを使って、ふつうにいるはずのない敵と戦う。

もしもだれかに見られたら、変なウワサがあっという間に広まる。アキたち、仲良しだと思ってた人たちにまで、また「怖い」って言われるかもしれない。

だけど、玲連には、今もわたしが見えないものを見てるの、とっくにバレてたんだもん。

こんなトクベツは、望んでなかったけど……、どの道、もう今のままじゃ、いられないのかな……。

モモお姉ちゃんみたいにみんなを助けることができたら、わたしが持てあましてたふつうじゃなさを、いい事に使える？

もしもみんなにふつうじゃない事がバレても、いい事に使ってるなら、つまはじきにされない？

樹ちゃんは特殊な里の人で、ふつうじゃなさはわたしと同じだけど、わたしは今まで「お役目」からは遠ざけられてた。でもこの筆を取れば、わたしも仲間にしてもらえるのかな。

……やって、って言われたら、わかったって即答《そくとう》するのに。樹ちゃんは優しいから、そう言わない。

樹ちゃんは澄《す》んだ瞳でわたしを見すえ、答えを出すのを待ってくれてる。

ゴクリと喉が鳴る。その音がやけに大きく聞こえた。

玲連はオオカミのマガツ鬼のせいで、床に落っこちて消えたままだ。その状態で、今、意識はあるのかな。怖がってないかな。早く助けてって、きっと思ってる。

それに、樹ちゃんは心配しないでって言ってくれるけど、樹ちゃんだけじゃ、オオカミを捕まえるだけじゃなくて、「強いなにか」と戦うのも、ますます危ないはずだよ。

わたしがやらなかったら、ホントは困るよね？　だって、ほかにミコトバヅカイがいないんだから。

「……わたし、やる。お役目やる」

最初は浅く、――次は、自分に言い聞かせるように、深くうなずいた。

わたしの答えは、樹ちゃんの予想してないほうだったみたい。

彼は瞳を大きくした。そしてだんだん悲しい目になっていく。わたしは答えを間違っちゃったのかなって、心臓が冷たく脈打つ。

「わかった」

答えた声も、ふだんよりずっと硬い。

樹ちゃんは階段をもどってきたと思ったら、わたしの前で、床にヒザをついた。

「どうしたの？」

彼はそのまま深々と頭を下げる。

まるで、童話に出てくる騎士《きし》が、お姫さまにするみたいな、恭《うやうや》しさで。

「……この命を賭《と》してお守りする事を、文房師・矢神樹にお許しください」

「い、樹ちゃんっ？」

仲良しのお兄ちゃんに頭を下げられて、わたしはどうしていいかわからず、アタフタしてしまう。

命を賭して——って、この筆を手に取ったら、樹ちゃんに命がけで守ってもらう事になるの？

そんなの、ぜんぜん実感がわかない。

階段の下の方へ目を走らせた。早く追いかけないと、オオカミに逃げられちゃうよね。

わたしは恐《おそ》る恐る手を伸ばし、樹ちゃんが捧げ持つ筆筒に、指でふれた。

彼はゆっくりと顔を上げる。

踊《おど》り場の窓から射《さ》しこむ光が、そのまっすぐな瞳を強くきらめかせる。

その瞳は、わたしだけを映してる。


「主《あるじ》さま」

彼は、自分自身の魂に刻みつけるように、確かな声で、わたしをそう呼んだ。

主さま……？　わたしが、樹ちゃんのご主人さま？

わたしには、文房師の世界の事は、よくわからないけれど——。

彼の中で、「幼なじみの女の子」が、もっと別の、彼の魂を、彼の人生を丸ごと左右するような存在にぬり変わった。

まっすぐに見つめてくる瞳に、それだけはわかった。

「あなたの御筆を、お取りください」

うながされて中から出した筆は、ふだん使ってる書道用のより、ずっと重たい気がする。

きっぱりとした真っ白な軸《じく》。柔《やわ》らかな茶色い穂先《ほさき》。

懐かしい気配に、体がぶるっと震えた。

そしてビックリした。急に胸からときめきが溢《あふ》れだして来たんだ。

この筆を持っている自分が、すごく「正しい」気がする。筆だって、また会えたねって、喜んでるみたいに見える。

「千花、ひさしぶり……」

わたしは思わず、唇の両端《りょうはし》を持ち上げる。

そんなわたしを、樹ちゃんはどこか悲しそうな顔で、床にヒザをついたまま見上げていた。

4 はじめてのお役目

千花《せんか》を握《にぎ》ったとたん、やるべきなんだって確信した。

ずーっとどこか心細くて、ふわふわフラフラ、地に足がつかないような気持ちで過ごしてたのに、ウソみたいに元気が湧《わ》いてくる。

みんなの役に立てる。するべき事がある。「お役目」が一本の太い芯《しん》になって、わたしの心をしっかりと支えてくれる。

わたしは樹《いつき》ちゃんと、オオカミを捜《さが》して学園の中を駆《か》けまわる。

校舎の中で、騒《さわ》ぎは起こってないみたい。なら、学校から出て行ったか、隠《かく》れてるか――だよね？

「気配は近くにあるんだけどね。りんねちゃんも感じる？」

裏庭の藪《やぶ》から出てきた樹ちゃんは、頭に枯《か》れ葉がのっかってる。

わたしも昇降口《しょうこうぐち》から顔を引っ込めて、周りに首を巡《めぐ》らせてみた。

夕暮れの空の下、マガツ鬼《き》の気配は、まぶしい西陽《にしび》や風の音にまぎれちゃって、たどりづらい。

マガツ鬼が近くにいそうな時は、いつも避《さ》けて通るばっかりで、逆に捜すなんてのは初めてだから、難しいや。

わたしは握った千花に目を落とす。

……千花。オオカミのマガツ鬼、どこにいると思う?

心の中で聞いてみたとたん。

わたしの首は、無意識に、渡《わた》り廊下《ろうか》のほうを向いた。

「──樹ちゃん。あっち」

「あっち? すごいね、そんなにハッキリわかるんだ」

わたしはうなずくなり、筆に導かれるように走り出す。樹ちゃんも後ろをついてきてくれる。

二階渡り廊下の下をくぐると、体育館方面へ出る。剣道《けんどう》部のかけ声を聞きながら、建物の裏手へ。

北側はジメジメ薄暗《うすぐら》くて、前に降った雨の水たまりが、まだ残ってる。

樹ちゃんを導いて走りながら、どきどきしてきた。

わたし、ちゃんと戦えるのかな。五年前のわたしは、無我夢中で千花を取って術を使った。

あの時みたいにできる?

不安なはずなのに、心の底のほうから、「できる」って、だれかの確信に満ちた声が聞こえてくる。

角を曲がったところで、わたしは「アッ」と声を上げそうになった。

体育館とフェンスに挟《はさ》まれた細い道の、奥のほう。

木立が作る影《かげ》にまぎれて、黒いケモノが横たわってる。

いた──っ、オオカミ!

樹ちゃんが昨日今日と攻撃《こうげき》したから、だいぶ弱ってるんだと思う。ぐったりして動く気配はない。

駆けつけようとして、二人で足を止めた。

そのオオカミのかたわらに、しゃがんで覗《のぞ》き込んでるコがいる。

制服にダッフルコート姿の、小がらな男子。

「や、八上《やがみ》くん」

あんなに近づいたら、襲《おそ》われちゃうっ。

危ないよ――！　って声を上げかけたけど、樹ちゃんに腕《うで》で制された。

「様子がおかしい」

「えっ？」

わたしはまじまじと、一人と一匹《ぴき》を見つめる。

八上くんが、オオカミの背中をなでてる……！　しかも、なにかしゃべりかけてるみたい？

ここからじゃ聞き取れないけど、教室で聞く冷たい声より、ずっとあったかいトーンだ。

そしてオオカミは、うなるんじゃなくて、ふしぎそうに八上くんの顔へ鼻を寄せ、においをかいでる。

八上くん、動物が好きなんだろうなと思ってたけど、相手がマガツ鬼でも……!?

それにマガツ鬼が、あんなふうに大人しくしてる事にも、わたしは驚《おどろ》いてしまう。

二人の姿が、ちっちゃい時の自分とカラスさんに重なって見えて……、なんだか、胸がぎゅっとする。

「今、オオカミは弱ってて、少しでも邪気《じゃき》を食べたいはずだよ。なのに、なぜ彼は無事でいられるんだろう。怖《こわ》がらせれば、悪い言葉を吐《は》いて、邪気を出してくれるかもしれないのに」

樹ちゃんの言うとおり、やっぱり何か変？　八上くんは、昨日廊下でオオカミに出くわした時も、「たぶん大丈夫《だいじょうぶ》だ」って。あの時も、自分は襲われない自信があった……？

「りんねちゃん、彼は何者？」

「わ、わかんない。わたし、ホントはあんまりしゃべった事がないの」

「そうなんだ……。昨日帰った時、長《おさ》にも、漢字ちがいの『八上』について聞いてみたんだけどね。やっぱりそんな分家は知らないって。いちおう調査する事にはなってるんだ」

樹ちゃんは、怪《あや》しい、不審《ふしん》なものを見る目だ。

こういう視線にさらされてきたわたしは、自分の方が苦しくなっちゃって、思わず樹ちゃんのシャツの袖《そで》をつかむ。

彼がちょっと驚《おどろ》いて、こっちに視線を向けた、その時だ。

「――藤原《ふじわら》」

八上くんが、わたしたちに気づいた。

彼は立ち上がると、オオカミを背後にかばう。

「や、八上くん。そのコに近づいたら危ないよ。ふつうの動物じゃないんだ」

でも昨日は一緒《いっしょ》に隠れたんだもん。そんなのはわたしが言わなくたってわかってるよね。

彼は、わたしの千花と、樹ちゃんの文鎮《ぶんちん》に目を走らせ、眉間《みけん》にシワを寄せた。

「何しに来たんだよ」

まるでオオカミがうなるように、低い音で聞いてくる。

「あの……っ、信じられないと思うけど、そのオオカミは悪い事をする……〝鬼《おに》〟なんです」

〝鬼〟なんて言葉、他《ほか》の人なら「は？」って聞き返してきそうなのに。八上くんはそのままスルーで、わたしたちをジッとうかがってる。

「だから……」

「だから？」

「そのオオカミは、消さなきゃいけないんだ」

樹ちゃんが、わたしが言い出しづらかった事を、代わりに引き受けてくれた。

案の定、八上くんは警戒心《けいかいしん》をむき出しに、目を鋭《するど》く光らせる。

「なんでだよ。こいつ、今は悪い事なんてしてないだろ。それに、もうこんなに弱ってるのに」

反応からして、八上くんはマガツ鬼に出くわすのは初めてじゃなくても、お役目の事は知らなそう？

ただ黒い煙《けむり》が見えるせいで、マガツ鬼にも気づきやすくて、慣れちゃっただけなのかな。

どう説明すればいいのか、八上くんに視線をもどしたタイミングで、

ガルルッ！


背後から、オオカミが彼に飛びかかった！

「！」

真上から落ちた影に、八上くんは顔をこわばらせ、わたしは悲鳴をもらして立ちすくむ。

けど、樹ちゃんはもう動き出してた。

彼は八上くんをかばい、文鎮でキバを受け止める。そのまま文鎮をふりさばき、オオカミを地面に叩《たた》きつけたっ。

す、すごい。怖がる色もためらう色も、カケラもなかった。あの優《やさ》しい樹ちゃんが、こんな風に戦うんだ……っ。

「きみ、逃《に》げて！」

彼はオオカミから視線をはずさずに、八上くんに鋭く言う。八上くんは地面に尻《しり》もちをついたまま、啞《あ》然《ぜん》として動けない。

オオカミがむくりと首だけ起こした。その口の中に、なにか赤く光るものが見えるっ。

「黒札が来る！」

樹ちゃんが文鎮を構えなおす。

マガツ鬼の口の中に見えたのは、黒い、紙の札だっ！　札には文字が浮《う》かび上がり、赤い光を放ってる。

目をこらすと、漢字の「分」っていう字みたい。

ひ、ひさしぶりに見るっ。マガツ鬼は、ああいう呪《のろ》いの札を人間に貼《は》って、ふ、ふしぎを起こすんだ……！

かばってくれる樹ちゃんの背中ごしに、オオカミが札を吐き飛ばすのが見えた。

こっちに向かってくる！

そう思ったのに、札の軌《き》道《どう》はぐるんっとUの字を描《えが》き、オオカミ自身の背に貼り付いた。

「あ、あれっ？」

自《じ》爆《ばく》しちゃった？

ぽかんとする間もなく、札の赤い光がオオカミの全身を包む。するとオオカミは、体をぐにゃりと歪《ゆが》ませて、みるみるうちに真ん中から潰《つぶ》れ、半分にちぎれていく。

まるで、アメーバみたい……！

二つになった塊《かたまり》から、それぞれにゅうっと頭が突《つ》き出してきて、前足と後ろ足が生え、地面を踏《ふ》みしめる。

——そしてついに、二匹のオオカミになった。

「りんねちゃんっ。あいつ、分の札で、『分裂《ぶんれつ》』したんだ」

「う、うんっ」

札に書いてある字のとおりに、現実を変化させる。

それが禍《まが》ツ言葉の、呪いの術……っ。

さっき玲《れ》連《れん》が消された時も、オオカミが今やったみたいに、黒札で何かしたはずなんだ。

でも、あれ？　あの時はたしかに赤い光は見えたけど、黒札が飛んできたり、近くにマガツ鬼がいる気配はなかったよね？

ふと気になったけど、そんな事を考えてる場合じゃないっ。

オオカミの一匹が、樹ちゃんに飛びかかる！

そして二匹目も深く身を沈《しず》め、反動をつけて大きくジャンプした。その軌道の先は——、わたしたちじゃない。座ったまま動けないでいる、八上くんのほう！

お役目をやるなら、わたしが彼を守らなきゃなんだよねっ？　なのに反撃の札を書く間もないっ。

樹ちゃんが、一匹目の攻撃を跳《は》ね返す。

「八上くん！」

わたしは、彼の背後から飛び出した。無我夢中で駆けて、八上くんに抱《だ》きつく。でも、「来んな！」って押し返された。

「あっ」

わたしはどしゃっと地面に転ぶ。

二匹目は八上くんを地面に叩きつけ、前足で肩《かた》を押さえこむ。だけど間髪《かんはつ》を入れず、樹ちゃんの文鎮が、そのオオカミの首に命中したっ。オオカミはギャンッと叫《さけ》んで、吹《ふ》っ飛ばされる。

二匹とも、あっという間に地面に転がされてる。

樹ちゃん、強い……！

え、ええと、反撃するなら今だよね⁉　わたしは千花を持ち直した。

術を使おうと意識して使うのは、初めてだ。ちゃんとできるかわかんないけどっ。

オオカミが弱ってても、ここで逃がしちゃったら、また、今みたいに生徒を襲うかもしれない。それに
——、右手に握った千花が、「はやく使って！」って急《せ》き立ててる。

「わたし、やるっ！」

樹ちゃんが駆けもどってきて、ポーチから墨壺《すみつぼ》と札を渡してくれた。

わたしは急いで立ち上がり、それを受け取る。

「なるべく簡単な書き換《か》えで、一撃で仕留めよう。主《あるじ》さまにできるかぎり術を使わせないで済むように、ぼくも修行《しゅぎょう》を積んできた。マガツ鬼からの攻撃は気にしないで、自分の一撃に集中してね」

「はいっ！」

わたしは強くうなずいた。

樹ちゃんがくれた札は、マガツ鬼の黒札と色違《いろちが》いだ。正五角形の、真っ白な和紙で作られてる。

御筆《みふで》・千花と、樹ちゃんが特別な硯《すずり》で磨《す》ってくれた墨と、この札。武器の四宝がそろった！

あのオオカミの黒札を、わたしは言祝《ことほ》ぎの術で書き換えるっ。

二匹のオオカミはもう体勢を立て直し、キバをむき出して駆けてくる。樹ちゃんがその攻撃を、次々と薙《な》ぎ払《はら》う。

わたしは千花の穂先《ほさき》を墨にひたし、左手に札を構える。両足を開いて立ち、体を安定させる。

ほんとはわたし、ずっとずっと、ヒマさえあれば漢字の本を開いて、もしも言葉の術を使うならって、空想してたんだ。モモお姉ちゃんがくれた漢字の辞典は、今もわたしの宝物だ。あこがれのあの人みたいに――って、そんな空想をしちゃう自分を止められなかった。

だから、できる。わたしにも、できるっ！

「藤原？」

札に穂先を置いたわたしは、ハッと八上くんを見下ろした。

彼はまだ地面に座りこんだまま、大きな瞳《ひとみ》をますます大きくして、わたしを見上げてる。

あっ……、どうしよう。術を使うのを見られる。ふ、ふつうじゃないのが、バレる。

でも――っ。

わたしに千花を渡してくれた時の、樹ちゃんの覚悟《かくご》を決めた顔が、玲連が床《ゆか》に吸い込まれて消えた時の恐怖《きょうふ》の顔が、頭をよぎる。

今この状況《じょうきょう》で、やっぱりやめたなんて、言えないよ。

「わたし、今から変な事する。でも怖が……、驚かないで」

わたしはお願いの声をしぼりだして、札に筆を走らせる。

二匹の「狼《おおかみ》」を書き換えるなら——っ、あの字！

札はなめらかで柔《やわ》らかで、でもしっかりとした張りのある和紙。この紙も墨も、そして墨を磨《す》った硯も、樹ちゃんの作品なんだよねっ。

千花の穂先が、優しい青色のにじみを残してすべり始める。

そのとたん。千花がわたしの体の中心を、ぐいっと引っぱった。扉《とびら》が開け放たれたようにチカラがあふれ出し、千花の軸《じく》へ、穂先へ、そして穂先からしたたる墨へと激しく流れていく。

うわっ、なにこれ！　気持ちいい……！

術を使うのって、こんな感じだったっけ？　縛《しば》りつけられてた心がいきなり自由になって、千花と一緒に駆け出したみたい。


「ミコトバヅカイの名において、千花寿《ことほ》ぐ、コトバのチカラ！」

呪文《じゅもん》だって、ちゃんと唱えられた。

わたしの魂《たましい》が、最初から、ぜんぶ知ってる……！

投げ放った札は、樹ちゃんに襲いかかる、二匹のオオカミへ！

ぼんっ！

札が貼りついたとたん、白い煙が噴《ふ》き出した。煙はもくもくと広がり、オオカミたちを包む。

「な、なんだっ？」

八上くんがわたしと煙を何度も見比べる。

「りんねちゃんの術……っ。使えるって聞いてはいたけど、ほんとに……」

樹ちゃんが腕で汗《あせ》をぬぐいながら、わたしを見つめる。そのほっぺたは紅潮して、瞳はきらきらして、まるで宝物を仰《あお》ぐみたいだ。

——そして、煙の中から、オオカミたちが躍《おど》り出てきた！

「！」

樹ちゃんが瞬時《しゅんじ》に表情を引き締《し》め、二匹を迎《むか》え撃《う》とうとする。

「待って、樹ちゃんっ！」

わたしは叫んで彼のヒジに抱きついた。樹ちゃんはギクリとして、投げかけた文鎮を止める。

その彼に、オオカミたちが飛びかかった！

「うわっ！」

彼は無防備に突撃《とつげき》を食《く》らい、どさっと尻もちをついた。

——でも、大丈夫。

オオカミ二匹は、樹ちゃんの両側からぐいぐいおでこを押しつけて、シッポまで振《ふ》ってる。

「よかった、ちゃんと効いた……っ」

わたしはひさしぶりに術を使ったせいか、心臓の鼓動《こどう》はダッシュしてるし、気持ちもふわふわしてる。

だけどすっごく楽しかったぁっ。

樹ちゃんも八上くんも、きょとんとしてる。

「今の札、『山本』って二つ並べて書いてあった？　苗字《みょうじ》みたいだけど、どういう意味なの？」

樹ちゃんに聞かれて、わたしはうなずいた。

「オオカミは『山犬』とも呼ぶから、『山犬』二匹ぶんの、漢字のパーツをちょっと変えて、《シ》に書き換えた。『支える』の『支《シ》』の別バージョンで、意味も読みも同じなんだよ」

「そっか……っ。じゃあこれは、『支える』の意味に書き換えられたから、ぼくを支えてくれてるつもりなんだ？」

樹ちゃんは両脇《りょうわき》から、オオカミにべろんべろん、ほっぺたをなめられてる。

苦笑いの彼に、わたしは思わず笑っちゃった。

「うんっ。そうだと思う」

白札でいい意味に書き換えちゃえば、怖いオオカミも、シュッとした顔つきのワンちゃんみたいだ。

樹ちゃんはオオカミの背をなでてから、よいしょっと立ち上がった。

「ありがとう、りんねちゃん。これでもう、悪さをする心配もなくなったね。だいぶダメージを与《あた》えた後だし、もうすぐ自然と消えるんじゃないかな」

「そしたら、玲連ももどってくる？」

「うん。黒札の術が解けるはずだから」

わたしたちは二人で、ホーッと肩を下げる。

「札で、書き換えたって……？　このオオカミの性格を？　藤原、そんな事ができんのか？」

八上くんが、呆然《ぼうぜん》とつぶやいた。

「あ……、は、はい」

わたしは彼の目を見る勇気がなくて、斜《なな》め下に顔をうつむけちゃう。

——わたしのふつうじゃないところ、全部、知られちゃった。バケモノを見る目だったら、どうしよう。

興奮してた気持ちが、スウッと芯から冷えていく。

「藤原たちは、このオオカミみたいなヤツらのこと、よく知ってるんだな。なんなんだ、こいつら。ふつうの動物じゃないよな？」

「えっ」

「なんだよ」

にらまれて、わたしはブルルッと首を振った。

怖がって、ない？

人がわたしを怖がってる時に感じる、あの透明《とうめい》な壁《かべ》をへだてたような感じがない。それどころか、彼はさらに近づいて、真正面から見つめてくる。

信じられない思いで、わたしも八上くんを見つめ返した。

この人は、大丈夫……？　わたしがふつうじゃないのを知っても怖がらない人が、本当にいる⁉

すると、樹ちゃんがわたしの肩に手を置き、八上くんから一歩遠のかせた。

「きみはなぜ、このオオカミたちに襲われなかったんだ？　たぶんぼくたちが来て刺激《しげき》しなければ、そのまま仲良くやってたよね。一体どういう事なの？」

「……オレだって知らない。まだ元気で襲ってきそうなヤツは、オレも自分で避けて通るけど。弱ってるのは、かわいそうだから、消えるまで見守ってやる事にしてる。――こいつらも、オレに敵意がないのがわかってたんだろ」

八上くんは身をかがめ、樹ちゃんの足もとに座るオオカミの背をなでた。

「かわいそう？　マガツ鬼が？」

わたしは目をしばたたいて、彼の言葉をくり返す。

わたしのほうは、カラスさんやちーちゃんに、「悪いものには近づくな」って口を酸《す》っぱくして言われてたし、その二人が、マガツ鬼との戦いの中で消えちゃって。前のミコトバヅカイの人たちも、お役目で命が削《けず》られたのを知ってるから。

だから、マガツ鬼をかわいそうって思う発想がなかった。

でも八上くんは、危険だってわかってるマガツ鬼を、消えるまで見守ってあげる？

わたしは何度も目を瞬《またた》いて、彼の「かわいそう」を噛《か》み砕《くだ》こうとする。

全然呑《の》みこみきれないけど、でも、きっと……、八上くんはすごく優しい人なんだって、それだけはわかる。

「……こいつら、マガツキって言うのか。やっぱり、妖怪《ようかい》とか幽霊《ゆうれい》とか、そっち系?」

「本当になんにも知らないの? これは『鬼』の一種だよ。悪い言葉から生まれるんだ。りんねちゃんの話では、きみは邪気——人が吐く黒い煙も見えてるみたいだって。でも文房師《ぶんぼうし》の修行はしていないんだよね? 先祖はずっと東京住まい? 三重にルーツがあったりしない?」

樹ちゃんは一気に問いただす。

八上くんは眉間にシワを寄せて、肩をすくめた。

「ブンボーシって、なんだよ? あの甘ったるいにおいの煙、邪気って呼んでんのか」

「やっ、八上くんも、ほんとに見えてる⁉」

「藤原も、やっぱり見えてたのか……。矢神サンもなんだろ? 見えるヤツに、初めて出会った」

「やっぱり八上くんは、わたしと同じだったんだ!」

うれしすぎて、カーッと体が熱くなる。

目を輝《かがや》かせ、身を乗り出すわたしとは反対に、八上くんは考え込んだ。

「その邪気を食いに来る、動物みたいなのは、『鬼』で。だから人間を襲ったりするし、弱ったら、ふつうの動物とはちがって、跡形《あとかた》もなく消える……。で、藤原と矢神サンは、ああいう鬼を倒《たお》す係をやってるんだ。そういう人間がいる」

わたしと樹ちゃんは顔を見合わせて、八上くんにうなずいてみせた。

「今村玲連《いまむら》は? あいつも関係者? 心霊写真が撮《と》れたとか騒《さわ》いでたけど、あいつは、邪気が見えてる風じゃなかったよな」

「玲連は、ちがう……。心霊写真は、あのオオカミが『霊感を強くする』とか、そういう写真が撮れるような、呪いの術をかけたのかも」

「へぇ……。こいつら、そんな事までできるんだ。ますます妖怪じみてるな。たしかにこの、マガツ鬼ってのを見かけると、たいていは周りで変なコトが起きてた。さっきも札みたいなので、分裂したもんな。ふぅん、なるほどな……」

八上くんは、樹ちゃんの両側で大人しくしてる二匹に、長年のナゾが解けたっていう顔をする。

その様子に、わたしは今さら気がついた。

わたしはちっちゃい時から、近くにお役目の人たちがいた。身を守るために必要な最低限の事は、カラスさんが教えてくれた。だから、こういうふしぎがなんなのか、いつの間にか理解してたけど。

八上くんは、周りにだれもいなかったんだ。

……じゃあきっと、すごくしんどかったよね。なにが起こってるかわかんなくて、説明してほしくて周りに訴《うった》えても、そもそも信じてもらえない。

自分しか見えてない「黒い煙」を、同級生たちは平気な顔で吐き続ける。それがなんなのか、ちゃんと説明してくれる人のいないままで、八上くんはずっと、一人でぽつんと黙《だま》り込んでたんだ。

他人事《ひとごと》じゃなさすぎて、胸が苦しいよ。

「あの、でも！　わたしたち、邪気も見えるし、マガツ鬼のこともわかるし、おっ、同じですっ」

わたしは彼に一歩近づく。

「今まで他の人に話せなかった事も、わたしたちなら、相談し合えるよっ。だ、だからわたし、八上くんと仲良くなりたい……です！」

こんな風に、自分から人にアピールするのなんて、初めてだ。

樹ちゃんも目をパチクリさせて、わたしたちを見比べる。

「オレは、なりたくない」

なのに、一言でバッサリ。

彼はわたしの制服のスカートに視線を落とし、顔を歪めた。なんだろうと思ったら、いつの間にか泥《どろ》まみれになってた。さっき、八上くんを守ろうとして、転んじゃった時だ。

「こ、これは、わたしが勝手に転んだだけだよ」

汚《よご》れたところを、あわてて後ろに隠す。

「……そういうふうに言えば、オレがホッとすると思ったのかよ」

「え？」

彼はさらに冷ややかな目で、わたしをにらんでくる。

「おまえ、〝天使〟なんて言われてるけど、表でだけだぞ。そうやって、人がしてほしいようにばっかりしてるから、今村たちに、『偽善者《ぎぜん》』って陰口《かげぐち》をたたかれるんだ。裏ではなに考えてるかわかんないって」

心当たりのありすぎる言葉に、胸を突かれた。

――なに考えてるかわかんない、偽善者。

玲連たちが？　それって、アキや桜《さくら》と？

学校ではいつもわたしも一緒だけど、文化体験会の係でいなかった時とかに？　三人がそんな事を言うはずない……って、思いたいけど、思いきれない。自分に自信なんて、カケラもないから。

玲連が、「オオカミが夜にスマホから出てきた」って言ってた時から、彼女が家での通話中に、スマホに向かって言った悪い言葉から生まれてきたのかもって、ちらっと考えてたんだ。

じゃああのオオカミは、「わたしが偽善者だ」っていう悪口から生まれてきた……のかもしれない？

八上くんは自分が吐いた邪気に、ゲホッとムセて、踵《きびす》を返す。

「黙って聞いてれば、ずいぶんな事を言うね」

樹ちゃんが見た事ないような厳しい顔で、わたしの前に出た。

あの穏《おだ》やかな樹ちゃんが、怒《おこ》ってる？

見上げた横顔の、まなじりが吊《つ》り上がってる。ものすごく、怒ってる。

信じられないものを前に、わたしはサッと青ざめた。

「い、樹ちゃん。大丈夫。ちがうの、ごめんね。八上くんの言うとおりなんだよ」

「でも、りんねちゃん」

彼の腕を取って、わたしはぶるるっと首を横に振る。

樹ちゃんは、夏休みのわたししか知らないから。

ウソをつく必要もごまかす必要もない場所で、なにも気にせず笑えてるわたしと、教室でのわたしは、ちがうんだよ。だから、八上くんの言葉は、ほんとに、そのとおりで。

玲連が「特別なのは、自分だけだと思ってるでしょ」って怒ってたけど、浮いちゃってるっていう、嫌《いや》なほうの意味でなら、「特別」なのかもしれない……。

八上くんは名残惜《なごりお》しそうにオオカミの背中をなでて、立ち上がった。

「オレ、もう帰る。マガツ鬼ってやつの事を知れてよかった。けどオレは別に、藤原たちに関《かか》わる気なんてないから。そっちも二度と関わってくんなよ」

言い捨てると、彼はそのまま振り向かずに、行ってしまった。


わたしたちは三十分ほど、その場でオオカミが消えるのを待って、教室にもどった。

玲連は教室の床に消えたから、たぶん、帰ってくるのも教室だよね？　邪気をかじられて気絶したみんなも、とっくに目が覚めてるはず。

大騒《おおさわ》ぎが続いてたらどうしようって、恐《おそ》る恐る近づいたんだけど、だれもいなかった。

照明も消され、カーテンも閉められて、真っ暗だ。

樹ちゃんによると、大量の邪気を浴びたり、自分が吐いた邪気をマガツ鬼に食べられたりすると、朦朧《もうろう》としちゃって記憶《きおく》が抜《ぬ》ける事が多いんだそうだ。

だからみんな、「なんだかよくわかんないけど、倒れてた?」みたいな感じで、ボ～ッとしたまま解散したんじゃないかなぁって。

玲連の姿も見当たらないけど、カバンがないって事は、やっぱり先に帰ったんだ。

樹ちゃんはその後、わざわざわたしを家まで送ってくれた。なのに、「ご両親にあいさつしたいけど、今度ちゃんと菓子折《かしお》りを用意して、匠兄《たくみにい》と出直すね」って、上がっていかなかった。

あと何日東京《こっち》にいるのか、聞きそこねちゃった。樹ちゃんは自分の中学をお休みしてるんだろうから、そんなに長くはいられない？

そして――、わたしは玄関《げんかん》の戸を開ける前に、深呼吸。

帰り道は、樹ちゃんにすっごく気をつかわせちゃってた。

大好きなお兄ちゃんの前で、「友達に偽善者だと陰口言われてる」なんて、バラされちゃって、……ほんと、泣きたいくらい恥《は》ずかしかったけど。

わたしは肩からかけた筆ポーチを、ぎゅうっと握り込んだ。

わたしが落ちこんでると、ちぃくんが、すぐに気づいちゃう。ちゃんとしっかり、笑顔《えがお》でいなきゃ。

今日のいろんな事は、夜お布団《ふとん》に入るまで、胸の底に沈めておく！

わたしはほっぺたを両手で挟んで持ち上げてから、戸を開けた。

「ただいま〜っ」

玄関に入ったとたんに、夕ご飯のいい香《かお》りが漂《ただよ》ってくる。

「今日、ハンバーグだ」

「あたり〜。りんね、おかえり」

「すぐごはんだよ」

キッチンのほうから、お母さんとお父さんの声。今日は二人とも、家でお仕事だって言ってた。

泥まみれのスカートを見られないよう、急いで着替《きが》えて、こっそり下洗いしてから洗濯《せんたく》ものカゴへ。

居間へ向かうと、中庭に面した縁側《えんがわ》には——、やっぱり。

毛布にくるまって、ミノムシになってる弟を発見した。

今日は起きてるみたい。毛布のはしっこに頭がのぞいてて、『面白《おもしろ》難解漢字辞典』を広げてる。わたしがモモお姉ちゃんからもらった愛読書、また部屋から持ってきちゃったんだ。

まだちぃくんには読めない字ばかりだと思うけど、こういうの、眺《なが》めてるだけで楽しいんだよね。

うちの本棚《ほんだな》は、消えたお兄ちゃんが残した、中国や古典の漢字の本がいっぱいだ。わたしにはまだ難しすぎるけど、やっぱりページをめくるだけでワクワクするもん。

「ちぃくん、ただいま」

「おかえりぃ」

あくびまじりの「おかえり」に、まだヒリヒリしてた心が、ふっとゆるむ。

わたしはミノムシの毛布の中へ突入した。

「ちぃくん、あったか〜いっ」

「ひゃあっ。りんね、手が冷たいよ」

「ぬくぬくだぁ」

やめてーとか、やめなーいとか、毛布の中でジャレあって、くふくふ笑う。

ちぃくんの柔らかいほっぺたから、体温だけじゃないあったかさが、骨までじんっと伝わってくる。

家族四人でそろってごはんを食べる時は、いつもちぃくんの幼稚園《ようちえん》での話を聞くんだ。

でも今日のわたしは、上の空だ。

頭に浮かんでくるのは、怒濤《どとう》の一日の事。最後にやっぱり、八上くんの言葉に行き着いちゃった。

……「偽善」って、なんだろ。

人のしてほしいようにばっかりしてるって、ダメなのかな。

だって、たとえば桜が八上くんとペアのままで、文化体験の教室がずーっと重たい空気なんて、みんな嫌だったよね？

今日やるって決めたお役目だって、樹ちゃんは「りんねちゃんはどうしたい？」って聞いてくれたけど、ミコトバヅカイがいない状況じゃ、わたしがやらないって断ってたら、樹ちゃんたちが危険だ。

そりゃ、わたしだって、ほとんど話した事ない、ぶっきらぼうな男子とペアで係は、ちょっと怖かったし、お役目だって……、命を削るかもなんて、親には伝えられない。

でも、桜もクラスのみんなも、樹ちゃんも、わたしにそうしてほしいんだろうなってわかっちゃったら、い、いい、いい、そうしたくなっちゃうよ。

〝裏でなに考えてるかわかんない〟っていうのだって。

わたしがいちいち、「ほんとは嫌なんだけど」「怖いんだけど」なんて前置きしたら、みんな遠慮《えんりょ》する。

今日、玲連に「わたしは幽霊は見えない」って言い返したら、ものすごく怒ってた。やっぱり、期待してたのとちがう反応をされたら、嫌な気持ちになるものなんだよ。

だったら、みんな楽しく過ごせるように合わせたい。わたしだって、そのほうが安心してられる。

でも、……それが、偽善？

わたしはもそもそと、味のしないハンバーグを嚙む。

親とちぃくんがおしゃべりしてるのを、ぼうっと眺める。

家族といる時は、そんなに意識しないでいられるけど、教室では、わたしだけふつうじゃない。

だから、みんなの輪の中に置いてもらうために、嫌な気持ちにはゼッタイさせたくないし、なにか役に立たなきゃ、喜んでもらわなきゃって、いつもどこか気持ちが焦《あせ》ってる。

〝フシギちゃん〟じゃなくて、〝天使〟って言われるようになって、やっと毎日がうまく行き始めたんだよ。その居場所を守るためには、ちゃんと〝天使〟でいなきゃ……って。

そこまで考えて、わたしはギクリとした。

おはしからハンバーグが落っこちて、茶色いソースが跳ねる。

――そっか。わたし、そういうつもりだったんだ。

みんなが期待してくれる事を、そのまま叶《かな》える〝天使〟でいれば、友達でいてくれる――って、まるで自分の居場所の代金みたいに、みんなの気持ちをくんでた？

ならそんなの、親切に見えて、実は全部、自分のためだ。

……そんなコ、ほんとは何を考えてるかわかんなくって、気持ち悪いよね。

八上くんの冷ややかな瞳が、頭に思い浮かぶ。

あの人は、わたしのそんなとこまで、見透《みす》かしてたんだ。八上くんだけじゃないよ。陰口言われてるって事は、玲連たちや、もしかしたらクラスの他のみんなにも、気づかれちゃってる……？

口の中のものを呑み込もうとしたら、ギュッと喉《のど》が痛んだ。

どうしよう、めちゃくちゃ恥ずかしい。それに明日《あした》、みんなに会うのも怖い。

「りんね、ご本読もう」

ごはんの後、ちぃくんと二人で毛布にくるまって、絵本を開いた。

ちぃくんは、外遊びより、静かに過ごすのが好きみたい。家にいる間は、わたしと本を読んだり、書道セットでお絵かきして遊んでて、ちーちゃんの魂を感じる。

だけど、この前、夏祭りに遊びに行ったら、近所のお友達とかけっこして、ほんとにふつうのコみたいにキャッキャと笑ってたんだ。

わたしは……、それがうれしくて、ちょっぴり寂《さび》しかった。

ちぃくんは、ちーちゃんとそのままイコールじゃない。

いよいよふつうじゃないのは、自分だけになっちゃうんだ……って。

弟が大好きなのに、ちぃくんに、無意識にちーちゃんを求めちゃう自分にも、罪悪感だ。

樹ちゃんは、元々そういうお役目の家に生まれて育ってるから、ふつうじゃないのがふつうで、しかも今は一緒にいてくれても、今回の騒ぎが終わったら、また三重に帰っちゃう。

八上くんは同じだと思ったのに、彼は、わたしの事が嫌《きら》いなんだもんね……。

……すごく、ひとりぼっちだ。

だれかわたしと同じで、仲良くしてくれる人がいてくれたらいいのに。

――なんて、ほら。さっきは八上くんがずっと一人で大変だっただろうななんて同情しておいて、もう彼以外のだれかが、わたしのそばにいてくれたらいいのにって、自分の事を考え始めてる。

わたし、こんな偽善者で、ミコトバヅカイができるのかな。

わたしは偽善者で、自分が樹ちゃんに好かれていたいから、ふつうになれないのなら、せめてそっち側に入れてもらいたくて、千花を取ったんだ。

樹ちゃんにもそのうち、「りんねちゃんってそんなだったっけ」って、呆《あき》れられちゃうかもしれない……。

「――どうしたの？」

ほっぺたのくっつくような位置から、ちぃくんがきょとんと首を傾《かし》げた。

考えながら読み聞かせしてたら、止まっちゃってたみたい。

「ううん、なんでもないよぉ」

続きを読み始めたけど、ちぃくんは本じゃなくて、わたしの横顔をジッと見つめてる。

彼が何か言おうとしたタイミングで、電話の呼び出し音が鳴り響《ひび》いた。

わたしは毛布からぬけ出して、急いで受話器を取りに行く。

「はいっ、藤原です」

『もしもし、こんばんは。今村です。夜分にすみません。りんねちゃんですよね？』

玲連のお父さんだ。

わたしは思わず、耳から受話器を離《はな》して、「えっ」とつぶやいた。

5 わたしのパートナー

玲《れ》連《れん》がまだ、家に帰ってきてないんだって。

時計の針は七時半を回ってる。窓から見える外は、もう真っ暗だ。

まさか、まだオオカミの術が解けてなくて、こっちにもどって来てない？

玲連のお父さんは、「塾《じゅく》に直接行ったかもしれないから、確認《かくにん》してみる」って、すぐ電話を切った。

「オオカミは、ちゃんと消えてたよ……？」

樹《いつき》ちゃんと二人で、空気に解けて消えていくのを、最後まで見守ったもの。

なのに、玲連がまだもどってないのは、どうして？

玲連に黒札を貼《は》ったのは、あのオオカミじゃなくって、他《ほか》のマガツ鬼《き》だった……とか？

そういえば、今日はドタバタのまま帰ってきちゃったけど。樹ちゃんが気にしてた、紙漉《かみす》き体験の時にすごい光を発した「強いなにか」って、今、どうなってるんだろう。

他にマガツ鬼がいる可能性があるとしたら、……それ？

でも今日は、そんなケタ外れに強い鬼《おに》がいる感じはなかったよ。

わたしはそわそわ、電話台の前を行きつ戻《もど》りつする。

……怖《こわ》くなってきちゃった。

樹ちゃんに連絡《れんらく》したほうがいいよね？　今日は匠《たくみ》お兄ちゃんちに泊《と》まるって言ってた。

わたしは電話台に貼っておいた、工房《こうぼう》の名刺《めいし》を見ながら番号を押す。

ちぃくんが本を抱《かか》えてこっちに来た。モモお姉ちゃんと話すんだと思ったみたい。

匠お兄ちゃんが出たら、とたんにフキゲンになるくせに。この前なんて勝手に電話を切っちゃって、わたしは大あわてだったんだから。

でもコール音が鳴り始めて十回くらいで、留守番電話に切り変わっちゃった。

「出ない？」

「うん……。モモお姉ちゃんの家にもかけてみる」

こっちはすぐにつながったけど、お母さんが出て、「まだ帰ってきてないわよ。今日は匠くんたちとごはん食べるって」と教えてくれた。

わたしはお礼を言って受話器を置きながら、ますます胸が不安でいっぱいになっていく。

万が一の事を考えて、玲連が消えた現場――うちのクラスを確かめに行く？

でも、わたしだけで夜の学校なんて、怖すぎるよ。どっちにしろ一人だと、マガツ鬼が出てきても戦えないもん。やっぱり、樹ちゃんに相談するのが先だ。

もしかして、樹ちゃんたちはすでに、あの「強いなにか」のほうを、捜《さが》し回ってたりする？

矢神《やがみ》家の人は、スマホと相性《あいしょう》が悪くてスグに壊《こわ》しちゃうから、家の電話か文通くらいしかできないんだ。

モモお姉ちゃんも、書道中にスマホを気にしちゃうのが好きじゃなくて、解約しちゃったって言ってたから、移動中だと連絡がつかない。

「工房に、直接行ってみようかな」

「――ダメ」

ちぃくんが、わたしの袖《そで》を下から引っぱった。

「ダメだよ、りんね」

彼は栗色《くりいろ》の大きな瞳《ひとみ》で、わたしを見据《みす》える。有無《うむ》を言わせない表情の強さに、「弟」のちぃくんにありえないような迫力《はくりょく》を感じる。

「ちーちゃ……、」

「りんねぇ？　もうお風呂《ふろ》がわくわよー」

「あ、はぁい」

廊下《ろうか》から顔を出したお母さんは、わたしとちぃくんをジッと見つめて、「早く入っちゃいなさい」と、念を押した。


結局、そのまま外出できなかった。

だけど、玲連の親から電話がかかってくることもなかった。じゃあ、大丈夫《だいじょうぶ》だったんだよね。

玲連はただ塾に行ってるだけで、樹ちゃんたちは、みんなで夕ご飯を食べに行ってるだけ。なにかあったら、樹ちゃんのほうから連絡をくれるはずだよ。

そう自分に言い聞かせて、お布団《ふとん》に入った。

ウトウトしかけたところで、嫌《いや》な夢を見て冷や汗《あせ》まみれで飛び起きた。八上くんに「オレはお前と同じ、じゃない」って言われたり、玲連とケンカ中に、二人一緒《いっしょ》にオオカミに食べられちゃったり……。

水を飲みに行こうと思ったら、自分の部屋で寝《ね》てたはずのちぃくんが、いつの間にかお布団に入ってきてて、すやすや寝息《ねいき》を立ててた。

ちぃくん、珍《めずら》しいなぁ。

わたしは小さなふくふくの手を握《にぎ》り、お布団に入りなおす。

ちぃくん効果か、今度は安心して、朝までぐっすり眠《ねむ》れたんだ。

「おはよう、りんねちゃんっ」

家を出た瞬間《しゅんかん》、目がまんまるになった。

ひふみ学園の制服を着た樹ちゃんが、わたしの家の前に立ってる。

「お、おはよぉ……？」

マフラーに口元までうずめた彼は、いったい何時からそこで待ってたんだろう。鼻の頭も、耳も赤い。

「樹ちゃん、今日もうちの学校？　あ、あのっ。すごく心強いけど、授業時間にウロウロしてたら、さすがに先生にバレちゃうよ」

「大丈夫。ぼくも昨日からちゃんと、ひふみ学園の生徒だもの。中等部三年六組、出席番号三十三番、矢神樹です。よろしくね」

カバンから生徒手帳を出されて、わたしはカクンとアゴが落ちた。

き、昨日から、うちの学校の、生徒……っ？

昨日制服すがただったのも、すでに、転校生として授業を受けた後だった？　変装じゃなくって、ほんとに転校してたの⁉

ぽかんと口を開けたまま、樹ちゃんの笑顔《えがお》を見上げる。

「じゃじゃじゃ、じゃあっ、樹ちゃん、ずっとこっちにいるの⁉」

「ずっとというか、こっちで心配な事がなくなるまではね。長《おさ》がゴリ押しで、学園に話をつけてくれたんだよ。でもほんとは、同じクラスがよかったなぁ。体験会で年齢《ねんれい》をバラさなきゃよかったね」

「ひゃあぁ……」

「ぼくはりんねちゃんのパートナーだもん。主《あるじ》さまのそばでお仕えしなくてどうするのさ」

樹ちゃんは、うれしそうにニッコニコ。

わたしは現実に頭がついてかないよ……っ。

今朝は「玲連はちゃんと家に帰ったんだよね？」とか、「八上《やがみ》くんに会うのがしんどいなぁ」とか、「昨日のオオカミ――未来さん騒《さわ》ぎの事、ホントにみんな忘れてくれてるのかなぁ」とか、……偽善《ぎぜん》者だって陰口《かげぐち》を言われてた事とか。憂《ゆう》うつで、お腹《なか》まで痛かったのに。

あまりの衝撃《しょうげき》に、頭がまっしろになった。

棒立ちのままのわたしに、樹ちゃんは首を傾《かし》げる。

「あれ？　ぼくたち同じ中学に通えるのに、喜んでくれないの？」

「よ、よ、喜ぶよっ。うれしい！」

樹ちゃんに毎日会えるって、す、すごいよっ。うれしいのは、ほんと！

「そしたら、もうちゃん付けはダメだよ……ですよね。三年生のセンパイに向かって」

「ええっ。そうなっちゃう？」

彼はガックリと肩《かた》を落としてから、急に、わたしに手のひらを差し出した。

わたしは反射的に自分の手を乗っける。そしたら、ふふっと笑われちゃった。

「お荷物をお預かりいたします。学校までお持ちしますよ。主さま」

「そそそんな、いいですっ。自分で持てますっ」

あわててカバンを背中に隠《かく》すと、樹ちゃんはますますにっこりする。

「りんねさまは、ぼくの主さまなんですから、遠慮《えんりょ》なさらないでください。りんねさまは、れっきとしたミコトバヅカイ。モモさまたちと同じに、里をあげてお仕えするべき方なんです。

これまでは、あまり姫《ひめ》さまあつかいしてしまうと、無理矢理《むりやり》こちらに巻き込んでしまいそうだから、みんなでガマンしていたのですが。これからは、正々堂々めいっぱい、ぼくらの──、ぼくのお姫さまとして、お仕えできますね」

とうとうと語る樹ちゃんの瞳が、生き生き輝《かがや》いてる……っ。

わたしは一歩、二歩、足を引く。

「あ、あのっ、樹ちゃん？　わたしは、今までどおりがいいです。さ、さまじゃなくて、ち、ちゃんで」

「だったらぼくも、敬語じゃないのがいいです」

――あっ。つまり、それを言いたかった？

わたしは急いで何度もうなずく。

「わ、わかった。敬語やめる。今までどおりにする」

「じゃあ、ぼくもわかった。今までどおりにするよ」

よかった……！　樹ちゃんがずっとこんな調子になっちゃうのかって、震《ふる》えちゃった！

二人で眉《まゆ》を下げ、顔を見合わせて――。なんだかおかしくなっちゃって、ふふっと笑う。

「でも、ぼくの大事なお姫さまだって事は、ほんとだよ」

樹ちゃんは「ザ・矢神家！」な整った顔で、さわやかに笑い直してみせる。

朝日よりもまぶしい笑顔に、目がチカチカする。ここに桜《さくら》がいたら、黄色い声を上げながら気絶してたかもしれない。

そうこうしてるうちに、家の中から、「ちぃくん、そろそろ起きなさ〜い」って声が聞こえてきた。

「わたしたちも行かなきゃ、遅刻《ちこく》しちゃう」

「ほんとだ。もう八時まわってる」

樹ちゃんは、わたしが筆ポーチを提《さ》げてるのを確認してから、並んで歩道を歩き始めた。

通学路でだれかと一緒なのはひさしぶりだ。

わたしは朝のしたくもゆっくりだから、アキたちには待ち合わせの時間に来なかったら、先に行ってもらう事になってるんだ。

「そういえばね、昨日の夜、玲連の帰りがおそいって、お父さんから電話が来たの」

「え？　玲連さんって、マガツ鬼に消されたコだよね」

「うん……。でもその後は電話もなかったから、大丈夫だと思うんだけど」

昨日の樹ちゃんたちは、やっぱり「強いなにか」を捜してパトロールしてたんだって。だけど成果はゼロで、気配のなごりもつかめなかったって。

「里への報告ついでに、依《より》と電話で話したんだよ。そしたら、『あーあ、樹は依の半身だから、なんとか許せたけど。他のコがりんねのパートナーだったら、嫉妬《しっと》でおかしくなるとこだった』って」

「依ちゃんは、こっちに来ないの？」

「うん。依にはあっちでしかできない、大事なお役目があるんだ。りんねちゃんのパートナーの文房師《ぶんぼうし》はぼくって事で、ぼくがここにいさせてもらってるけど、依は依で、お役目中なんだよ」

樹ちゃんの横顔が、ちょっと寂《さび》しそうに見えた。

文房師の里については、わたしは知らない事が多い。でも、樹ちゃんは生まれてからずっと一緒の双子《ふたご》と、初めて離《はな》れ離《ばな》れになったんだもんね。

「そうなんだ……」

樹ちゃんは年上だし、文房師の里の人だけど、彼だって、わたしとお役目を始める事がプラスなわけじゃない。それをうっかり忘れて、甘えないようにしないと。

樹ちゃんは、一年五組まで送ってくれるつもりだったみたいだけど、もうチャイムも鳴りそうだからエンリョして、階段で別れた。三年生は、もう一つ上の階なんだ。

——さ、さぁっ。みんなは昨日の騒ぎの後、どうなってるかな。

教室に近づきながら、心臓の鼓動《こどう》が速くなる。

玲連がちゃんと教室にいますように。消える直前に玲連とケンカみたいになっちゃったのも、マガツ鬼の事も、みんな全部忘れてくれてますように……っ。

ドキドキしながら教室を覗《のぞ》くと、クラスメイトはもうほとんど集まってて、おしゃべりでにぎやかだ。

邪気《じゃき》の黒い煙《けむり》もたまってないし、いつもどおりの雰囲気《ふんいき》……かな？

すぐそこの男子たちは、ゲームの話で盛りあがってる。

「藤原《ふじわら》、おはよー」

「おはようございますっ」

声をかけてくれた男子に、いそいで頭を下げると、アキと桜も、席のほうから「おはよー」って手を振《ふ》ってくれた。

そして二人と一緒に、玲連がいる！　しっかりもどって来てるっ。

切れ長の目を細めて「おはよ」って、怒《おこ》ってる風でもない。

「お、おはよォ？」

緊張《きんちょう》してたせいで、声が裏返っちゃった。三人は「なに今の」って、一斉《いっせい》に笑う。

これ、ほんとにみんな、マガツ鬼騒ぎはすっかり忘れてくれてる？

よかったぁ……！

わたしは胸をなで下ろして、教室に入る。

戸をくぐりながら、ふと廊下をふり返った。そしたら、行き交《か》う生徒たちの向こうで、樹ちゃんがこっちを見つめてる。なにかあったらサポートに入れるように、待っててくれたんだ。

文房師さんって大変だ。でも素《す》の樹ちゃんも優《やさ》しいから、どっちにしろ、見守っててくれたんじゃないかっていう気がする。

わたしは彼への「大丈夫だったよ」の合図に、大きくうなずいてみせた。

樹ちゃんはほんのり笑ってから、階段を上っていく。すると三年生の教室の方から黄色い悲鳴が上がって、こっちまで響《ひび》いてきた。

わ、わぁ。樹ちゃん、今度は別の意味で大変そう……だなぁ？


玲連もみんなも、本当にきれいさっぱり、記憶がなかった。

ただ、玲連が心霊《しんれい》写真を撮《と》ったのは覚えてるみたい。あれはオオカミが教室に現れて、みんなが邪気を噴《ふ》き出し始めたのよりも、前の事だったもんね。

玲連本人だけ、その記憶も抜《ぬ》け落ちてて、なんで怖がられてるんだろって、ポカンとしてた。

たぶん彼女はそのあたりから、すでに黒札を貼られて変になってたんだ。だから、記憶もそこから曖昧《あいまい》になってる？

玲連は「わたしが心霊写真を撮れたの⁉」って目を輝かせて、また「未来さん」アプリを立ち上げ、あわてて止めるわたしたちを撮影《さつえい》。

……だけど、幽霊《ゆうれい》なんて、なんにも写らなかった。

あの心霊写真は、マガツ鬼が、玲連に貼った黒札のせいだったんだもんね。

玲連が霊感に目覚めて、アプリを心霊写真カメラにしたわけでも、コックリさんみたいに未来さんがとり憑《つ》いてたわけでもなかったんだ。

遠巻きに眺《なが》めてたクラスメイトは、キツネにつままれたような顔をしてた。

そして、急に心霊写真が撮れなくなったのも、玲連に記憶がないのも、とり憑いてた未来さんが帰ってくれたから？　って話に落ち着いたみたいだ。

「それにしても、なんて字の黒札だったんだろう……」

わたしは机に教科書を移しながら、考える。

オオカミが玲連に貼った黒札の字は、ナゾのまま。漢字好きとしては気になるよ。

たぶん、札は二枚はあった？　心霊写真を撮れるような札と、床《ゆか》に落っこちて消えちゃった時の札。

一枚目は「霊感」とかかなぁ。そのまんま「霊」かも。二枚目は「穴」や「落」みたいなかんじ？

可能性はいっぱいありすぎだし、オオカミが消えた後に想像しても、しょうがないけど。

でも――、とにかくこれで、わたしの「初めてのお役目」は、丸く収まったんだ。

よかったぁとつぶやきかけて、思い出した。

まだ、「強いなにか」のほうが残ってる。

だけどそっちは、樹ちゃんたちが捜し回っても見つからないんだから、このまま、何もないかも？

玲連と今までどおりやっていけそうなのがうれしくて、わたし、楽観的になってるのかな。

予鈴《よれい》が鳴ると同時に、八上くんが教室に入ってきた。彼はだれとも目を合わせず、さっさと窓ぎわの席に座る。

事件は解決しても、八上くんと仲良くなれる可能性は、ゼロのまま。

せっかく同じ人を見つけたと思ったのにな……。

彼の声で、「偽善者」って言葉が、耳によみがえる。

そしたらわたし、いつも教室で貼り付けてる笑顔を、そのままにしていいのか、引っ込めたほうがいいのか、わかんなくなっちゃった。


午前中の授業は、すごく平和に過ぎていく。邪気もなくて、教室の空気がきれいだ。

「りんね、なに？　顔に歯磨《はみが》き粉でもついてる？」

「……えっ？　あ、ごめん。わたし、ボーッとしてた？」

玲連に覗き込まれて、我《われ》に返った。

五分休みは、いつもどおりにアキの机に集まって、四人でおしゃべり。

だけど、玲連がなんだか変？　輪郭《りんかく》がほんの一ミリだけ、ズレてるみたいな違和感《いわかん》がある。

どうしてだろう？　気のせいかな。ううん、でも……。

またぼんやり見つめちゃう。

「りんねちゃん、起きたまま寝ちゃダメだよぉ？」

桜が笑う。桜は、いつもどおり。

「寝不足だと、身長伸《の》びないぞ」

アキがくしゃっとした顔で笑う。アキもいつもどおりだ。

「アキが足を十センチくらい削《けず》って、りんねにあげればいいよ」

だけど玲連の笑顔は――、やっぱり、どこかちがう気がする。

八上くんも同じことを感じてるかもしれない？　チラッとうかがったけど、わたしには彼に質問するどころか、目を合わせる勇気もない。

昼休みになって、お弁当の前に手を洗いに行こうとした時。

ハンカチを落っことしちゃって、身をかがめた。そしたら、机の足もとに黒いシミが広がってる。だれか墨汁《ぼくじゅう》をこぼしちゃった？

いびつなシルエットを目でたどるうちに、わたしはスーッと体が冷えていく。

「これ……っ」

人の影《かげ》みたいな形。

この位置、まさに玲連が落っこちて消えた場所だよね⁉

しゃがみこんで、床をぺたぺた触《さわ》ってみる。でも、影がこびりついたような色が残ってるだけで、穴じゃない。フローリングの床が変色しちゃってる？

「藤原さん、なにやってんの？」

すぐそこの席の滝沢《たきざわ》くんが、ハンカチを拾ってくれた。

「あ、ありがとうございます」

「ワッ、なんだこの汚《よご》れ。汚したの、オレじゃないからねっ？」

「うん……」

このこびりついた影みたいなの、みんなにも見えるんだ。

アキたちもこっちに戻ってきて、「なにこれ」って。

みんなには昨日の記憶がないから、ここから玲連が落っこちたのは、覚えてない。

玲連本人も興味なさそうに、床の影を眺めてて、その表情に、なぜかゾッとした。

これが消えてないなら、オオカミの術は、まだ続いてる？

ううん、そんなはずない。だって、オオカミはちゃんと消えた。玲連もここにいるもん。

でも玲連がどこか「変」なのを、気のせいだって済ませちゃっていい……？

考えすぎだと思い込もうとするのに、心臓の鼓動が速くなっていく。

「りんねちゃん。お弁当、一緒に食べよ」

そこに、ほんわか笑顔の樹ちゃんが、ひょっこりと顔を出した。

6 壊れゆく「ふつう」

玲連《れれん》のことで頭がいっぱいで、樹《いつき》ちゃんが転校してきたってみんなに言うのを、すっかり忘れてた。

「ごめんね、りんねちゃん。みんな、りんねちゃんに彼氏がいるってカンちがいしたんだよね？　そりゃ騒《さわ》ぎにもなるよねぇ」

「ちがうよっ⁉　そんなのじゃなくって、みんな樹ちゃんにビックリしてたんだよっ。ほら、匠《たくみ》お兄ちゃんは『中等部の王子さま』だったでしょ？　その弟が来たって」

「あー、それもあるのか。匠兄は人気あったらしいもんね。でもちゃんと、ぼくたちは幼なじみだって、誤解を解いてもらえるみたいで、よかったね」

「う、うん。解けてるといいね……」

教室は、天と地が引っくり返ったような大騒ぎになっちゃって。アキたち三人が目をきらきらさせて、「後は任せて。いってらっしゃい！」って送り出してくれて、なんとか教室を脱出《だっしゅつ》できたの。

それで今、人のいない場所に――って、屋上へ向かってるところだ。

階段を上りながら、大人っぽくなった横顔を眺《なが》めてたら、樹ちゃんはわたしににっこりした。

「ひふみ学園は、校舎がきれいでうらやましいな。屋上にも屋根があったりするの？」

「ううん？　ただの外だよ？」

「あ……っ、じゃあマズいかも」

「マズいって？」

階段の終点の踊《おど》り場に着いて、わたしは鉄の扉《とびら》を押す。

あれ、いつもより重たい。樹ちゃんが後ろから扉に手を添《そ》え、ぐいっと押し込んでくれた、ら。


ざあああああああああ。


空は真っ暗、どしゃ降りの雨！　耳たぶがキンッとするほど冷たい風が吹《ふ》きつけてきた。

あわててバタンと扉を閉める。

「雨⁉　教室出た時、こんなじゃなかったよね」

「さっき雨のにおいがしたから、そろそろ来るかなって思ってたんだ」

「そうなんだぁ……」

——そういえば、矢神《やがみ》さんちの裏山で遊んでた時も、双子《ふたご》はよく雨や風のにおいの変化に気がついた。

おうちに着いたとたんにザーッと降り出して、驚《おどろ》いたり。

ああいうの、すっごくカッコいいなぁって思ってたんだ。

「お弁当、ここで食べちゃおっか」

踊り場に座って、ちょいちょいと手招きするお兄さんが、あの「樹ちゃん」と同一人物なんだって、やっとホントに信じられた気がする。

わたしたちは壁《かべ》を背に、並んでお弁当を開けた。

樹ちゃんは寝《ね》ぼうして、わたしの家に迎《むか》えに来るほうを優先で、お弁当はあきらめたんだって。さっき購買《こうばい》に行こうとしたら、「すごく並ぶから、急いでるなら」って、クラスのコたちがちょっとずつお裾分《すそわ》けしてくれたんだそうだ。

プラ容器には、カラフルなおかずに、サンドイッチやおむすびまで！

転校二日目にして、すっかり人気者……っ。人見知りのわたしには、想像もつかない世界だ。

でも、ここに依《より》ちゃんがいてくれてたら、夏山で一緒《いっしょ》に遊んだ頃《ころ》と、おんなじ空気だな。

二人で昨日起こった事件をおさらいして、まだ見つかってない「強いなにか」が現れるかもしれないから、油断しないでおこうねって結論になって。

そこで、ちょっと会話が途絶《とだ》えた。わたしはプチトマトを口に入れる。

「……わたしね、樹ちゃんが急にカッコいいお兄さんになっちゃったなぁって思ってたんだよ」

秋に会った時も「大きくなったなぁ」って思ったけど、なんだか顔つきまでちがう？　男子の成長期って、すごい。

「ぼくが？　まさかぁ。兄弟で一番地味だよ。ぼくこそ、りんねちゃんがお姉さんになっててビックリした。でも、昔の面影《おもかげ》もあってよかったな。そばにいるのに、ずうっと緊張《きんちょう》しっぱなしなんて困るもんね」

まさにそれはこっちのセリフな事を言われて、わたしたちは笑い合う。

「そういえば、りんねちゃん。『面影』って、なんで『面影』って言うんだろう。『面』は、お面の面で、『顔』っていう意味なのはわかるけどさ。それに『影』がついたら、真っ黒な顔になっちゃいそう」

そしてわたしたちの話題は、今も、漢字の話に行き着くんだ。

わたしは頭に、『面白《おもしろ》難解漢字辞典』を思い浮《う》かべる。

ええと、たしか「影」は、光と影の「暗い部分」っていう意味の他《ほか》にも、「外に現れてない、見えない部分」とか、いろんな意味を持ってる。

なんと、暗いとこの正反対で、「光」とか「輝《かがや》き」っていう意味まであって。

それは、「カゲ」という言葉の元々が、太陽や月が「カガやく」の「カガ」だからなんだ。

漢字の「影」は、「景」たす「彡《さんづくり》」でできてるけど、「景」が「お日さまの光」のことで、「彡《さん》」は「模様」のこと。つまり、「光が描《えが》いて作りだした模様」が、「影」の元々の意味なんだって！

だから「月影」だと、月光が落とした黒い影じゃなくって、「月の光」そのものを指す。

わたしの説明に、樹ちゃんはアスパラベーコンをもぐもぐしながら、何度もうなずいた。

「『火影《ほかげ》』って言葉もあるもんね。あれも、火が映し出す影じゃなくて、火の『光』そのものの意味だ」

「うん、そう！　水や鏡に反射して映る姿も、光が作る模様だから、『水影』とか『鏡影』って呼ぶでしょ。たぶん、『光が作る模様』から、『光が映し出した姿』に意味が広がった？」

「なぁるほど……。だから、『面影』は同じふうに、『心に思い浮かべて、映し出した顔』っていうことで、『影』の字を使うんだ」

「うん、わたしもそう思うっ」

わたしは漢字大好きだし、樹ちゃんも文房師《ぶんぼうし》だし、漢字の話は毎回盛り上がっちゃう。

元は「光の模様」だったのに、正反対の「暗い部分」とか、「ソックリさん」にまで意味が広がっちゃうんだから、漢字って面白いよねぇ。

いつの間にか、外は雷《かみなり》まで鳴り始めた。ドアの隙間《すきま》から、稲光《いなびかり》が射《さ》しこんで、壁にわたしたちの影を映す。思わず身を縮めたところで、――ふと、頭にひらめいた。

「あ、影！　きっと『影』だっ、樹ちゃん！」

「えっ⁉」

身を乗り出したわたしに、樹ちゃんは頭を後ろに引いて、ゴンッと壁にぶつける。

「玲連に貼《は》られてた黒札は、たぶん『影』！」

もやもやしてたナゾが解けたっ。

「影」のいろんな意味と、今までの玲連にまつわるふしぎが、全部当てはまってる！

わたしは大興奮で、樹ちゃんに説明した。

まずは、玲連が急に撮《と》り始めた、心霊《しんれい》写真。

これは「面影」と同じ使い方の「影」だと思うんだ。

「心に思い浮かべた姿」が、写真にそのまま写ったんじゃないかな。

みんな「うちのおじいちゃんを写して〜」とか、彼女に頼《たの》んで撮ってもらってたから、その時、その人の姿を思い浮かべてたよね。

だから、あの怖《こわ》い背後霊が写っちゃったセンパイも、ほんとに幽霊《ゆうれい》がいたワケじゃなくて、ただ、その時に、「こういう幽霊が写ったら怖いな〜」って想像してたのが、そのまま写っちゃったんだ。

アキのおばあちゃんを写した時、ぼんやりとしか撮れなかったのは、アキがおばあちゃんの顔をうろ覚えで、「面影」をしっかりイメージできてなかったせい。

つまり未来さんは、ほんとにただのジョークアプリで、心霊写真が撮れた原因は、撮影《さつえい》者の玲連が、「影」の黒札を貼られてたせいだったんだ。

それで、次。

玲連が教室で床《ゆか》にストンと落ちて消えたように見えたのも、きっと自分の「影」、体が光に当たって作り出された暗い部分、そのものになっちゃったからなんだ。

「ねっ、『影』でどっちも説明できるよっ」

「ほんとだ……！　りんねちゃん。さすがだよ」

樹ちゃんも目を見開いて、うんうんうなずいてくれる。

「そうすると、玲連さんは『影』の札を、二回もちがう意味で貼られてたって事になるよね。一回目は、心霊写真を撮り始める前。二回目は、教室で消される直前。オオカミはどうして、そんなに彼女にこだわったんだろう。彼女の邪気《じゃき》から生まれたから……？」

考えながら言う樹ちゃんに、わたしは眉《まゆ》をひそめた。

「──あれっ、待って。なんか変かも」

「うん？」

「一回目は朝だったから、教室に入る前に、札を貼られたのかな。でもね。二回目に床に消えた時、玲連はずっとわたしたちと一緒にいて、その時オオカミは、まだ教室に来てなかった。だれも攻撃《こうげき》してきてないのに、急に消えちゃったんだ。なんでだろうって、ふしぎだったの」

「……オオカミの黒札じゃなかった可能性がある？　大《おお》マガツ鬼《き》の仕業《しわざ》か？」

樹ちゃんの声が、急にピリッとした。

「なぁに、それ？　あっ、『強いなにか』の事？」

「うん。めちゃくちゃ強いマガツ鬼を、そう呼んでるんだ。大マガツ鬼レベルになると、自分の邪気を隠《かく》すこともできるはずだから、気づかないうちに黒札を貼られる事も、あるのかなぁ……」

樹ちゃんは難しい顔になっていく。

じゃあ、玲連を消したのはオオカミじゃなくて、その、大マガツ鬼の仕業？

「でも、だったら、玲連がもどって来てるのがツジツマ合わない？　その大マガツ鬼、倒《たお》してないのに」

「そっか。そうなるよね。……大マガツ鬼の気が変わって、いったん別の黒札で、玲連さんを返してくれた、とか？　なんだか無理矢理《むりやり》だな」

「……樹ちゃん。気のせいかもしれないけど、今日の玲連、ちょっと変な感じがしたの」

ためらいつつも、一応伝えると、樹ちゃんはスッと立ち上がった。

「りんねちゃんが『変だ』って感じた直感は、信じるべきだと思う。ぼくも、玲連さんの様子を確かめに行っていい？」

「う、うんっ。わたしも、樹ちゃんが見てくれたら安心」

文房師なら、違和感《いわかん》の正体がわかるかもしれない。

わたしはヒザの上に広げたお弁当箱を、大あわてで片づける。まだほとんど残ってるのを見た樹ちゃんは、ものすごく申し訳なさそうに眉を下げたけど、キッと「お役目」用の顔になった。

わたし、まずはごはんを早く食べる修行《しゅぎょう》が必要かも？

だけどとにかく――、

「「行こう！」」


教室に帰ったら、アキが他のグループのコたちとおしゃべりしてた。

玲連は委員会の用事で呼ばれて、桜《さくら》はお手洗いに行った後、どっちももどって来ないんだって。

教室の時計は、昼休み終了《しゅうりょう》まで残り十分。

玲連は図書委員だから、図書室からあたってみたけど、見つからない。

「やっべ。雨降ってるじゃん！　二階の渡《わた》り廊下《ろうか》から回る？」

「もう時間ねーよ。いいよ、本はビニールかかってるし、行っちゃおうぜ！」

廊下の窓から、男子たちの元気な声が聞こえてきた。

今、「本」って言った⁉

窓から見下ろすと、真下の出入り口に、生徒たちが出てきたところだ。彼らが押す台車には、本が山と積まれてる。

「樹ちゃん、あれ、図書委員かもっ」

「行ってみよう！」

わたしたちは上履《うわば》きをバタバタ鳴らして階段を下りる。

ちょうど中庭を駆《か》けていく生徒たちの、後ろ姿が見えた。

校舎のとなりの棟《とう》に、本を運びこもうとしてるみたいだ。

その一番後ろに、玲連がいるっ！

彼女も本の束を抱《かか》え、水たまりを跳《は》ねて中庭を横切っていく。

「邪気は感じないけど、たしかになにか……」

樹ちゃんが目をすがめて、玲連を観察する。

わたしも遠ざかる彼女を見つめる。その視線に気づいたのか、彼女がこっちを振《ふ》り向いた。

絹糸みたいな雨のカーテンごしに、視線がぶつかる。

「今村玲連《いまむられん》」そのものの姿。だけど、やっぱりなにか変だ。

初等部の頃から毎日毎日、六年以上も、朝から晩まで一緒に過ごしてきたんだもん。

「やっぱり、ちがう……！」

犯人は大マガツ鬼で、玲連がまた黒札を貼られてるのが正解……⁉

今度はどんな札を貼られちゃったんだろう。なにがどうちがうのか、ハッキリ言葉にできないから、札の字を当てるの、難しいよ。

わたしは玲連の足もとの水たまりに目をとめた。

……だったら——！

わたしは頭の中の『面白難解漢字辞典』のページを、猛《もう》スピードでめくる。樹ちゃんが白札を渡してくれた。

札に千花《せんか》の穂先《ほさき》を置くと、軸《じく》を持つ指から筆へ、さっそくチカラが流れ込む。ドンッと心臓に衝撃《しょうげき》を感じて、よろめきそうになった。

昨日、術を使った時よりも、すごい……っ。

体の底から湧《わ》き上がるチカラが、出口を見つけて、一気に押し寄せてくる——！

駆けずり回りたくてしょうがない穂先を、なんとか抑《おさ》えて、最後の一画、払《はら》いまで書き上げるっ。

「ミッ、ミコトバヅカイの名において、千花寿《ことほ》ぐ、コトバのチカラッ」

小声の呪文《じゅもん》と共に投げた札は、雨の糸を一直線に断《た》ち、玲連の足もとへ！

上履きが踏《ふ》みしめる水たまりへ、バシャッと音を立てて貼りついた。

白い煙《けむり》が噴《ふ》き上がり、彼女の全身を包む。

先に走っていった図書委員たちは、みんな気づかずに向こうの校舎へ駆け込んでいった。

「効いたねっ」

「うん！」

今の白札は、水たまりに映りこんだ玲連の姿、つまり水鏡の「影」を、「彡」のパーツを取っちゃって、
景にしたんだ！

「景」は、お日さまの「日」と、読み方を表す「京《ケイ》」のパーツからできてて、意味は、「光」。

だけどそれだけじゃなく、「様子」っていう意味もある。「太陽の光に照らし出されて、くっきりとあきらかになった様子」っていうイメージからなんだ。

これで、玲連の様子を、変なところまであきらかにできるかな——って。

煙の中から、バサバサッと本が地面に落っこちる音が響《ひび》いた。

あっ、本が濡《ぬ》れちゃう⁉

拾いに行こうと、足を前に踏み出す。

でも、煙が雨に流された跡《あと》を見つめて——、わたしは、ぴたっと足を止めた。

玲連が立っているはずの場所に、ほのかな光を放つ、人間のシルエットが浮かんでる。

振り向いてわたしを見つめる、さっきの玲連の姿、そのままの形だ。

しかもその人型の光は、雨に打たれて、みるみる小さくなって……。

ふつっと、かき消えた。

えっ。えっ⁉　玲連が消えた⁉

わたしは樹ちゃんと視線を交《か》わす。彼も目を見開いて、蒼白《そうはく》になってる。

「わ、わたし、なにか間違《まちが》っちゃった？　『様子』の意味の『景』に書き換《か》えたんだよ⁉」

樹ちゃんに言いながら、あ、と、口を手で覆《おお》った。

わたし、さっき自分で説明したばっかりだよ。

「景」は「光」の意味だ……って。

「書き換えが、わたしの思いどおりに働かなくて、『光』のほうで発動しちゃった、の、かな……？」

語尾《ごび》を上げて問いかけながら、もう、そうだとしか思えない。考えてたのとちがう意味で、術が働いたんだ。

全身の毛がブワッと逆立った。


「わたし、玲連を消しちゃった――！」


もう一回書き換えれば、元にもどる⁉

だ、だけどっ。雨にかき消された光は、もう跡形もない。札を貼るところがない。

どうしよう……‼

カクッとヒザから力が抜《ぬ》けたわたしを、樹ちゃんが抱《だ》き止めてくれた。

「待って、りんねちゃん。きっとちがう」

「ちがう……？」

「人間一人を、あんな風に完全に消し去るなんて、大量のチカラを使うはずだ。今のりんねちゃんは息切れすらしてないよね？　そこまでの書き換えは、していないよ」

樹ちゃんは冷静だ。でもいつもの穏《おだ》やかな彼の口調より、ずっと早口だ。

ごめん、樹ちゃん。わたし知ってるの。

わたしの魂《たましい》、自分でも怖くなるようなチカラが宿ってる。ちょっと蛇口《じゃぐち》の栓《せん》をゆるめたら、あふれ出して止まらなくなるくらいの。

五年前は、モモお姉ちゃんと匠お兄ちゃんがピンチだったから、無我夢中で札を書いた。だけどあの時は「このまますべて出したらダメ！」って、心の中で、だれかがストップさせてくれたんだ。

とにかくあの時も、やろうと思えば、まだでき<u>た</u>。

だからっ。わたし、お役目で命を削《けず》られるとしても、何度か術を使うくらいなら大丈夫《だいじょうぶ》な気がしてた。

でもそれより、自分のチカラをコントロールできなくて、友達を消しちゃったかもしれないならっ。

そっちのほうが、百倍怖いよ……！

「な、なに、今の」

真後ろから聞こえた、震《ふる》え声。

わたしは心臓を素手《すで》でつかまれたみたいに、その場で棒立ちになった。

振り向きたくない。けど、確かめずにもいられない。
わたしはゆっくりと、体を後ろに向けていく。
そこには、やっぱり……アキが立ってた。
彼女の見開いた目は、五年前と同じ色だ。
わたしを──、「怖い」って思ってる目。
「りんねが、玲連を消した……？」
「ア、アキ。ち、ちがう」
わたしは首を小さく横に振る。
ちがくない。わたしが消したんだ。
一歩前へ出たら、アキはビクッと肩を跳ねて、後ずさる。
そこで、予鈴《よれい》が鳴り始めた。
スピーカーの乾《かわ》いた音が、わたしたちの間に響く。
アキは身を翻《ひるがえ》して、校舎のほうへ走り出した。わたしは追いかけられない。
そして彼女は、校舎から出てこようとした生徒とぶつかって、たたらを踏む。
その相手は、八上《やがみ》くんだ。
まさか、今さっきの、八上くんも見てた……!?
「裏切り者」
八上くんが、アキに向かって、一言。

「ハ⁉　なんでうちがっ」

アキはたじろいで一歩下がる。

「藤原《ふじわら》を〝天使〟とか言って、友達ヅラしといて、結局それかよ」

「だ、だって！　八上も見てたんじゃないのっ⁉　玲連を消しちゃったんだよ⁉　あんなの、こ、殺したのと、ひ、ひ、人殺しと同じじゃん！」

「ちがう」

「ちがくないでしょっ⁉　あんなふうに人を消せるなんて――、」

わたしは何を言われるのか予想できてしまって、息がつまる。

やだ、聞きたくない。おねがい、言わないで。

後ろからギュッと耳を覆われたと思ったら、樹ちゃんだ。


「ふつ、うじゃないよ！」


樹ちゃんの指の隙間から、言葉が耳を貫《つらぬ》いた。

それは体の中を反射して、わたしの全身を内側から刺《さ》し貫く。

ふつうじゃ、ない。

知ってる。そんなこと、わたし、痛いほど知ってる。

ふつうになれなくて、ごめん。玲連を、け、消しちゃって、ご、ごめんなさい……っ。

アキは校舎に駆けこんだ。足音が遠ざかっていく。

立ちすくむわたしを、樹ちゃんが後ろからぎゅうっと抱きしめて、何か言ってくれた。

たぶん、「気にしちゃダメだよ」とか、そんな言葉だった?

でもわたしは頭がまっしろで、耳までボウッとしてよく聞こえない。

「藤原、落ち着けよ」

八上くんがわたしの前に立った。彼はなぜか、頭からびしょ濡れだ。

わたしを正面から見つめる目に、「怖い」って思ってる色はない。いつもどおりの淡々《たんたん》とした彼、そのままだ。

「おまえが消した、今村玲連。あれ、ニ、セ、モ、ノ、だ」

「——え?」

「本物の今村じゃなかった。だから、ショック受けなくていいって言ってる」

口数の少ない八上くんが、わざわざ言葉をたしてくれた。

わたしは目をいっぱいに開き、彼を見つめ返す。

「きみは、なにを知ってるんだ?」

まだ声の出てこないわたしより先に、樹ちゃんが聞いてくれた。

「オレ、さっき、安室《あむろ》桜がプールに飛び込んだのを見かけたんだ」

「……桜が、プールに……?」

桜はたしか、お手洗いの後、そのまま教室にもどってきてなかったんだっけ。

どうしてこんな雨の中、真冬のプールに？　飛び込んだって、……全然、意味がわかんない。それにその話が、どうやって今の玲連がニセモノだって話につながるの？

「空き教室で昼メシ食いながら、窓から外を眺めてて。偶然《ぐうぜん》、あいつがプールに倒れ込むのを目撃《もくげき》したんだ。ヤバいだろって、あわててプールまで見に行った。フェンスの出入り口のカギが壊れてたから、中まで入ってみたけど、……たぶん、だれも沈《しず》んでなかった。だいたい、ハデに落ちたのに、水の中にスッと入ってって、水柱も上がらなかった。なんか変だったんだよ」

八上くんは雨の中、傘《かさ》もささずに駆けつけたから、こんなに濡れちゃってるんだ。

ウソじゃなさそう……っていうか、八上くんも邪気が見えるんだから、わざわざウソなんてつかないよね。

——彼は、しばらくプールサイドで呆然《ぼうぜん》としてたんだって。

そしたら、プールの底から、ぬぅっと「桜」が浮き上がってきたんだそうだ。

彼女は水の上をすたすた歩いてきて、プールサイドに下り立った。

絶句して見つめてたら、桜は、「ハチミツくん、もう授業始まっちゃうよ？」って笑って、そのまま教室へもどっていった——って。

人間は水の上なんて歩けない。しかもその制服は、ずぶ濡れになってるはずなのに、まさに今、雨に打たれて濡れ始めたみたいに、ほとんど乾いてた——って。

「だからあれは安室じゃない。そっくりなニセモノだった」

八上くんの話を聞きながら、わたしは喉《のど》を鳴らす。

桜のニセモノがプールから生まれて、本物と入れ替《か》わった……ってこと?

八上くんは、中庭の、玲連が消えたあたりに目を動かした。

「今村のほうだって、朝からなんか、違和感あっただろ」

「う、うん……。八上くんも、やっぱり変だって思ってたんだ」

「さっきの安室は、今村の変な感じと似てた。こんな変な事が起こるのは、きっとマガツ鬼ってやつの仕業だと思って、あんたたちをさがしに来たんだ」

「りんねちゃんっ。ならやっぱり、さっきの玲連さんはニセモノだったんだよ。よかったぁ……!」

樹ちゃんが大きな息をつく。

わたしも頭が少しずつ働きだした。

たしかに、そんな事が現実に起こったなら、マガツ鬼の……、大マガツ鬼のせい?

今、消しちゃったのは、たぶん、大マガツ鬼が黒札で作った「ニセモノ」だったんだ。

「じゃあ、わたし、本物の玲連を消しちゃったワケじゃない……」

わたしは八上くんの腕《うで》をつかんだ。

「──あっ、ありがとう」

「ハ?」

「ありがとう! わたし、友達を消しちゃったかもって、す、すごく、怖かったから……っ」

わたしのほうが、消えちゃいたいくらいだった。

アキに怖がられたのはショックだし、術を使ったところを見られちゃったのは、もうどうしようもないけどっ。玲連が無事でいてくれたなら、ほんとに、ほんとによかった……！

安心したとたんに、目の奥が熱くなった。こらえそこねた涙《なみだ》が、ほっぺたを転がり落ちていく。

八上くんはギョッとして身を引き、樹ちゃんは「りんねちゃん？」と、後ろから覗《のぞ》き込んでくる。

わたしは情けない涙を見られる前に、袖《そで》でごしごし顔をふいた。

「そ、そうだっ。玲連と桜に貼られた札は、また影かな。『影武者《かげむしゃ》』っていう意味の『影』で」

むかしのおサムライさんが使うソックリさんを、「影武者」って言うよね。

あれは、「武者の姿を映した」っていう意味からだと思うんだ。「水影」とかと同じ「影」の使い方で。

「なるほど、今日の玲連さんは、『影』のニセモノだったんだね。――あれ？　でも、ずっとニセモノが教室にいたなら――。本物の玲連さんは……、どこに」

樹ちゃんが眉根《まゆね》を寄せる。

ホントだ。本物はどこに行っちゃったんだろう。

桜は、プールで本物とニセモノが入れ替わったんだよね？　じゃあ玲連も同じふうに？

――あ！　そういえばわたし、昇降口《しょうこうぐち》で玲連を見かけた気がしたのに、彼女はとっくに教室に来てて、変だなって思ったことがある。体験会の翌日の朝だ。

あの時点でもう、玲連の「影《ニセモノ》」は生まれて、玲連が二人いる状況《じょうきょう》になってた？

その二人はしばらく別々に動いてて。その後、本物はわたしとケンカの最中、「影」の札で消されちゃった。だけど「影《ニセモノ》」が代わりにおうちに帰って、翌朝の今日も、勝手に登校して来てた……？

――そうだったとしたら。

本物の玲連は、もしかして、教室で消えたまま、もどって来てない？

教室の床に、変なシミがあったよね。

あれ、まさか……っ。あの影こそが、本物の玲連？　玲連《ほんもの》は、ずっとあそこにいた……⁉

「まずはとにかく、プールに行ってみよう！　大マガツ鬼がいるかもしれないっ」

「う、うんっ」

すぐ教室のシミを確かめに行きたいけど、犯人の大マガツ鬼を倒すのを先にしたほうがいい？

そしたら、ニセモノと入れ替わった桜も元にもどせるし、玲連のほうも、今度こそ、「影」から帰って来られるよね。

樹ちゃんが文鎮《ぶんちん》を抜く。わたしも千花を持ち直す。

数歩駆け出した樹ちゃんは、足を止めた。

わたしが、動かない――ううん、動けないままでいるから。

ヒザがカクカク細かく震えてる。

足を前に出せない。


――あれ？　わたし、怖い？

そう自覚したとたん、耳の後ろに、血の気が引く音が聞こえた。

……次も、チカラをコントロールしそこなうかも、だよ。

さっきの「景」は、相手がニセモノでよかったけど、思ったとおりに発動しなかったのは、本当だもの。

ひとつの意味しかない漢字なんて、めったにないよね。

いろんな意味を持つ漢字を、思いどおりに意味をピタッと決めて、効果を発揮させるのって、どうすればいいの？　モモお姉ちゃんはどうやってた？

札に字を書いてる間、ひたすらその意味だけを考えてればいい？　それとも札が貼りつくまで集中してなきゃダメ？　効き始めるまで？　効き終わるまで？

昨日、五年ぶりに札を書いた時、大好きな千花と野原を駆けまわってるようで、すごく気持ちよかった。

だけどあれは、暴走すれすれだったのかもしれない。

今日は危ないような気がしたんだ。

ちょっとでも心がブレたら、チカラが洪水《こうずい》みたいに溢《あふ》れて、わたしの理性じゃ抑えきれなくなりそう。

玲連と桜を助けようとして、今度こそ本物を消しちゃうかもしれない。

一度ダメかもって思ったら、千花をどうやって使っていいのかすら、みるみるわからなくなっていく。

まるで、急に歩き方を忘れちゃった人みたいに。

「……りんねちゃん？」

樹ちゃんが心配そうに、こっちへもどってきた。

わたしはたぶん真っ白な顔色で、樹ちゃんを見上げる。

……怖くて、できない。

そう、正直に言う？　お役目をやるって引き受けたばっかりなのに、期待外れだよね。わたしだってモモお姉ちゃんみたいに、頼《たよ》りになるミコトバヅカイをやりたいけど、でも……っ。

アキの「ふつうじゃない」の声が、まだ頭の中で響いてる。

きっとアキは今ごろ、教室で、みんなにさっきの話をしてる。もうみんな、わたしと今までどおりには接してくれないよね。

だけど、ちゃんと本物の玲連と桜を連れて帰れたら、おかしな術を使うのはバレても、「わたしが消した」っていう誤解は解けるんだ。

でも、でもね。逆に、また失敗して、二人ともこの世から消しちゃったら、わたし、今度こそほんとに「人殺し」だよ。

さっきから頭に浮かんでくるのは、自分の事ばっかり。やっぱり全然〝天使〟じゃない。

期待外れな自分が、樹ちゃんに申し訳なくて、ますます嫌《きら》いで、どうしようもない。

千花を持つ手がカタカタ震えてる。

「──ごめん。りんねちゃん、そんな顔しないで」

樹ちゃんがわたしの手を、千花ごと、両手でギュッとくるんだ。

「無理にお役目をすることはないんだよ。嫌《いや》だと思ったら、そこでやめてくれたほうが、ぼくもうれしいんだ」

樹ちゃんはわたしから手を放す。あったかい手から伝わってきたぬくもりが、サッと冷えてしまう。

「依がいたら、りんねちゃんを任せられたんだけどな……。しょうがない、ミツ、おまえでいいや。りんねちゃんを保健室まで送ってくれ。もしマガツ鬼が出てきたら、おまえが必ず守れよ」

「なんでオレが。オレは無関係だ。っつか、呼び捨てにすんな」

「おれは、昨日おまえがりんねちゃんにひどい事を言ったの、忘れてないからな。今、きっちり守りきれたら許してやるけど、万が一なにかあったら、どうなるか覚悟《かくご》しとけ」

まるで別人みたいな言い方と眼光の鋭《するど》さに、わたしは唖然《あぜん》として顔を上げる。八上くんのほうも、ぽかんと彼を二度見する。

「い、樹ちゃん？」

「じゃあちょっと行ってきます。こっちは任せて、保健室で休んでてね」

にっこり笑い直した顔は、いつもの樹ちゃん……だけど。

彼はわたしたちの横をすり抜けて、プール方面の昇降口へと走っていく。

わたしはまだ震えの止まらない手を見下ろし、そして、遠ざかる樹ちゃんの背中に目をもどす。

一人きりでどうにかするつもりだ。わたしがもうミコトバヅカイとしてダメだって、見切りをつけて。

そう考えた時、雨まじりの風が、サッと吹きぬけた。

その雨のにおいに、依ちゃんと三人で、山の秘密基地で遊んだ時の記憶《きおく》がよみがえった。

あの時、「雨のにおいがするから帰ろう」って言い出したのは、依ちゃんだった。でも、わたしはまだ遊んでいたかったんだ。山を下りたら、もう東京に帰らなきゃいけない日だったから。

まだちぃくんが赤ちゃんで、家ではみんなお世話にかかりきりだから、ちょっと寂《さび》しかったの。

なのに依ちゃんは、「雨の山は危ないから」って、ぐいぐいわたしの手を引っぱって、山を下りていく。

樹ちゃんも、その時はわたしの味方をしてくれなかった。

そんな風に急ぐ二人の姿が、わたしと早くサヨナラしたいんだ——って思えちゃって。

わたしはとうとう、「みんな、りんねがいたらジャマなんだ」ってグズって、ほんとにバカなんだけど、「トイレに行く」って、双子から離《はな》れて、ガムシャラに山道を走りだした。

もちろんすぐ迷子《まいご》になって、ヒザを抱えてうずくまってた。

そうしたら、二人は五分もたたずにわたしを見つけて、ぎゅうっと抱きしめてくれた。「りんねのバカ！」「ぼくたちが、りんねちゃんを大好きで、ぼくたちだってバイバイしたくないってこと、信じてもらえなかったら、悲しいよ」って。

わたしはあの時、双子の気持ちを試《ため》したんだ。ほんとにわたしの事を好きなの？　いなくなったら捜《さが》してくれるの？　ちゃんと見つけてくれるの？　……って、確かめたくて。

双子はそれに、全力で応《こた》えてくれた。わたしは二人を試した自分が恥《は》ずかしくて、でもうれしくって、ベソをかきながら、手をつないで山道を下りた。

そして矢神さんちのお屋敷《やしき》に着いたとたん、本当にすごい大雨が降り出したんだ。

「藤原、保健室行くんだろ」

頼まれちゃった手前か、八上くんが声をかけてくれた。

わたしは現実に引き戻《もど》されて、ごくっとツバを呑《の》む。

あの日の樹ちゃんが、わたしを見つけて抱きしめてくれた時の、自分まで泣きそうな顔が、ついさっきの「任せて」って言ってくれた彼の笑顔《えがお》に重なった。

樹ちゃんがわたしに見切りをつけて、あきらめるなんて事は、……ないよ。ただほんとに、わたしの気持ちを大切にしてくれたんだ。

わたしは胸に手をあてた。

自分の事は全然信じられないけど、双子の気持ちなら、信じられる。

文房師は、マガツ鬼をしとめる攻撃はできないんだって。なのに、たった一人で、大好きなお兄ちゃんを行かせていいの？

桜と玲連だって、本物がもどって来られなかったら、二度と会えなくなっちゃうんだよ！

わたしは力の入らない指で、千花を握《にぎ》りなおす。

自分のチカラをコントロールできる自信なんてない。玲連を消しちゃったと思った時の、身の凍《こお》る感じも、アキがわたしを怖がる引きつった顔も、頭にまだ残ってる。

だけど……っ。

「八上くん、わたしは大丈夫。ありがとうございました！」

「あっ、おい！」

響き始めた授業開始のチャイムをふり切って、わたしは全速力で走りだした。

7 二人だけの世界

「待てってば！」

「八上《やがみ》くんは帰ってくださいっ」

「あの樹《いつき》ってヤツに、オレが何されるかわかんないんだよっ」

一生懸命《いっしょうけんめい》走るわたしの横に、八上くんもついてくる。

わたしたちは水たまりを跳《は》ね上げながら、裏庭を突《つ》っ切った。

行き止まりに、プールの金網《かなあみ》フェンスが見えてくる。あのあたりだけ、なぜか空気が白くかすんでる。

「樹ちゃん！」

わたしは肩《かた》を上下しながら、霧《きり》の中を分け入って、フェンスに飛びついた。

金網ごしのプールサイドに、ゆらゆら、人影《ひとかげ》がたくさんある……！

みんなオレンジの制服を着た、中等部のコたちだ。一列に行儀《ぎょうぎ》よく並んで、ゆっくりとプールサイドを歩いていく。

十人、二十人、もっといるっ？

「あいつら、なにやってんだ？　もう授業が始まってんのに」

「真冬なのに、プールの授業なんてやらないですよね」

霧の合間に覗《のぞ》く横顔は、みんなぼんやりとうつろだ。だれも一言も発さず、静かに、ただそこに並んでる。

もしかして、玲連《れれん》と桜《さくら》だけじゃなく、他《ほか》にも黒札を貼《は》られてる人が、こんなにいっぱいいる……!?

しかも、この霧に包まれてる一帯だけ、雨が弱い。

「ダメだよっ、止まって！」

樹ちゃんの声！

白くかすむ、二十五メートルプールの奥のほう。

一列に並んだ生徒たちの終着点は、飛び込み台だ。そこに次々と生徒が乗っかって、水面に倒《たお》れこんでいく……っ！

水柱は上がらない。ただ、スッと吸い込まれるように水の中へ消える。

樹ちゃんが男子生徒の肩をつかんで止めようとする。だけどそのとなりの飛び込み台から、女子が一人、プールに落ちた。その後ろで順番待ちしてたコも、また一人、もう一人……っ。

「あれ、見ろ！」

八上くんがプールの真ん中あたりを指さす。

白いモヤが覆《おお》う水面に、ぬうっと、なにかが現れた。

さっき落ちた男子が、仰向《あおむ》けに浮《う》かんできた――!?

彼はのっそりと立ち上がると、地面を歩くのと同じ調子で、水の上を歩きだす。

あれが、「影《ニセモノ》」⁉

プールサイドに着くと、そのままフェンスの出入り口をくぐっていく。その彼の後ろを、二番目に落ちた女子が、無表情で同じコースをたどる。

「安室《あむろ》桜の時も、まるっきりあんな風だった」

「じゃあ、みんなも同じ札を貼られてるんだ……っ」

マガツ鬼《き》を捜《さが》そうと周りに首を巡《めぐ》らせたとたん、頭がくらっとした。

となりでガシャッと音がしたと思ったら、八上くんも足もとがふらついたみたいで、金網をつかんでる。

「――りんねちゃんっ！　霧を吸わないで！」

樹ちゃんがわたしたちに気づいた。彼は口にハンカチを当ててる。

それを見て、わたしはアッと声を上げた。

みんながぼうっとしてるの、この霧のせいっ？

「八上くん、これ使ってくださいっ」

わたしはハンカチを貸して、自分はカーディガンの袖《そで》を口に当てる。

この霧も、マガツ鬼の攻撃《こうげき》なんだ……！

「雨」に「務」のパーツをたすと、霧になる。

「務」には、「手探《てさぐ》りして求める」って意味があるんだ。だから「雨」と合体すると、「手探りするほど、水気が立ち込めてて、もやもやしてる」っていう事で、「曖昧《あいまい》な様子」の意味にもなるの。

この霧を吸ったら、頭の中が、もやもや曖昧になっちゃう。

みんなも霧のせいで、マガツ鬼の思うまま、プールに飛び込むように誘導《ゆうどう》されてるんだっ。

樹ちゃんがこっちにダッシュしてきた。

プールサイドの上と下から、フェンスごしに見つめ合う。

「樹ちゃんっ。マガツ鬼はどこっ？」

「姿が見えないんだ。気配は感じるから、なにかいるのは間違《まちが》いないのに」

樹ちゃんは文房師《ぶんぼうし》の鋭《するど》い瞳《ひとみ》を、周囲に走らせる。

わたしと八上くんも、周りを見回した。

このプールを覆いつくす霧と同じに、ぼんやり、広い範囲《はんい》で、なにかいるような気がする。ただ、その気配がのっぺり広がりすぎてて、どこにいるのかまでは、わかんない。

樹ちゃんの背後では、みんながどんどんプールに落っこちていく。

早く止めなきゃ……！

でもマガツ鬼の居場所がわからないと、反撃もできないよっ。

「とりあえず、わたしもそっちに行くね！」

わたしはフェンスの入り口のほうへ走ろうとする。

その時、目の前を、なにか小さなものが横切った。それがチラッと白い光を放った気がした。

筆を持ってないほうの手で、パッとそのあたりをつかんでみる。

「チョウチョ？」

開いた手のひらに、ホログラムみたいな、無色透明《とうめい》の羽を開いたチョウがとまってる。

あれっ。このコ、ふつうのチョウとはちがう。でも、邪気《じゃき》みたいな嫌《いや》な感じはしない。

もう一度まわりを確かめる。

ほとんど止《や》みかけの雨が、空中でちっちゃな水の粒《つぶ》を跳ねさせてる。

あっちこっちで、ちらちらちらちら。まるでなにかに、雨をさえぎられてるみたいに……。

――このコと同じ〝見えないチョウ〟が、たくさん飛び交《か》ってるんだ！

八上くんがわたしの手のひらを覗き込んで、声を上げた。

「あっ、こいつ！」

「知ってるの？」

すぐさま問い返すと、彼はグッと言葉を喉《のど》につまらせた。

その瞬間《しゅんかん》だ。

わたしの手から飛び立ったチョウが、八上くんのおでこにとまった。

チョウは白い光を放ちながら、みるみる形を変え――、五角形の、小さな札になる！

透明な札はまぶしく光り、おでこの上で、みるみる溶《と》け消えていく。

「ウワッ」

八上くんがヒュッと真下に吸い込まれていく！

玲連が床《ゆか》に落っこちたのと同じに、彼は、足もとの水たまりの中へ――っ。

「八上くん！」

わたしは彼に飛びついた。肩のあたりをつかめたけど、勢いよく落ちていく自分より大きな体を、引っぱりもどせるワケがなかったっ。

わたしも一緒《いっしょ》に、水たまりの中に落ちる！

「りんねちゃんっ！」

樹ちゃんが金網に足をかけ、あっという間にフェンスのてっぺんへ乗り上がる。

「――必ず助けに行くから、待ってて！」

彼の声を聞きながら、わたしは八上くんと、真っ暗な穴をどこまでも落ちていく。

水たまりの穴の「入り口」が、ぐんぐん遠ざかる。

その入り口の向こうで、だれかのシルエットが二つ、むくっと起き上がるのが見えた。


気づいたら、わたしは水たまりの上に座り込んでた。

となりで八上くんもきょとんとしてる。

「今、わたしたち、落っこちた……？」

「落ちたよな……？」

周りを見回すと、プールに並んでた生徒たちもいない。あの透明なチョウの気配もなくなってる。雨もやんで、しんと静まり返ってる。

フェンスの上に乗っかってた樹ちゃんの姿も、ないや。

さっきまでと同じ場所なのに、人気《ひとけ》がない以外にも、なにか変な感じがする。ニセモノの玲連を眺《なが》めてた時みたいな、微妙《びみょう》な違和感《いわかん》。

わたしたちはヨロヨロ立ち上がった。

まだ、なにが起きたのかよくわからないけど。

さっき見えた、無数の透明なチョウ。あれが悪さをしてた、大マガツ鬼だったんだよね？

あのチョウ、一匹《びき》一匹は小さくても、プール全体を覆い尽《つ》くすような気配は、オオカミみたいなふつうのマガツ鬼より、ずっと強かった。

紙漉《かみす》き体験の時に感じた気配と同じ感じがしたから、あのチョウが光の原因だったのは、まちがいなさそうだけど。

でも、邪気は感じなかったし、八上くんが貼られた札は、白札でも黒札でもない、透明な札で。

しかも煙《けむり》も噴《ふ》き出さず、赤い光も発しなかった。

わたしが知ってる悪いものとは、全然ちがう……。

樹ちゃんなら、ああいうマガツ鬼を見たことあるのかな。相談したい。

「藤原《ふじわら》って、左利《き》き？」

「う、ううん？　右です」

言われてハッとした。右手に持ってたはずの千花《せんか》が、なぜか左手にある。

「八上くんも、腕時計《うでどけい》、右腕につけてましたか？」

「……つけてない」

彼は時計を上から手で覆って、眉《まゆ》をひそめる。

左と右が入れ替《か》わってる？

八上くんのその顔も、ふだんと印象がちょっとちがう気がする。人間の顔って完全な対称《たいしょう》じゃなくて、左右差があるって言うよね。

じっと見つめちゃったら、八上くんはふいっと顔を背《そむ》けた。

「つか、その敬語やめろ。ウザい」

「あっ、ハイ、……うん」

つまりわたしたちは、左右反転の世界に落ちてきた……のかな。

どうして左右反転？

それに、落ちていく最中、水たまりの向こうに見えたシルエットは、たぶん〝わたしたちのニセモノ〟だったんだよね……？

あのニセモノたちは、これから本物のふりをして教室へもどっていくんだ。それで家に帰って、わたしはちぃくんたちと夕ご飯を食べる？　想像したら、不気味すぎる。

足もとの水たまりに、青ざめたわたしの顔がぼんやり映ってる。それを眺めて――、わたしはやっと気がついた。

「ここ、水鏡の向こう側だ！」

八上くんは眉をひそめた。

「水鏡？　水面に、物が反射するってやつか。あ、だから右と左が逆？」

「うんっ。わたしたち、水たまりの中に落ちたんじゃなくて、水鏡の向こう側に来ちゃったのかも」

桜たちが水しぶきも上げなかったっていうのも、水中に沈《しず》んだワケじゃなかったから？

水面がそのまま、水鏡の世界への入り口になってたんだ……っ。

八上くんがおでこに貼られた透明な札には、なんて書かれてたんだろう。

「水鏡」の「影」かな。でも、ニセモノを作る、影武者《かげむしゃ》の意味の「影」も必要？

あ、でも、「逆様《さかさま》」とか「彼方此方《あべこべ》」のほうが都合がよさそう。それなら、水鏡の世界と現実世界を引っくり返して、水鏡に映ったニセモノを現実世界に出すのと、現実の本物《わたしたち》を水鏡の世界へ消しちゃうの、いっぺんにできちゃう。

……うん！　これが当たりな気がする。

わたしはしゃがんで、水たまりに手をひたしてみた。砂の地面にぺたっと触《さわ》れるだけで、もう反対側にはもどれない。

「藤原、どうにかできんのか。五時間目の授業、とっくに始まってる」

わたしはギクリと身を縮めた。

向こう側にもどるには、わたしが術で、チョウの札を書き換《か》えればいいんだろうけど——。

ちゃんとチカラをコントロールできるかどうかの前に、わたし、千花しか持ってない。墨《すみ》と札がないと、どうにもできないよ。

「ご、ごめん。道具が足りなくて、なにもできないの。樹ちゃんがいないから……」

「おまえ、助けるアテもないのに、わざわざオレと一緒に落っこちたのか？」

「うん……」

八上くんは騒《さわ》ぎに巻き込まれた上に、こんなところに連れて来られて。その上、わたしはチカラがあるくせに、もどしてあげられない。そんなのガッカリだよね。

「あのチョウが、オレになんか貼ったんだよな？　ただの虫じゃない感じがしてたけど、あれも『鬼《おに》』だったのか。虫型のもいるの、初めて知った」

わたしはきょとんとして、彼を見上げた。

八上くんはふだんとまったく変わらない、平坦《へいたん》な調子だ。むしろいつもより口数が多いくらい。

「なんだよ」

「う、ううん。……あの、怒《おこ》るかなぁと思ったの。わたしが役立たずすぎて」

「オレがこんな事になってんのは、矢神《やがみ》サンのせいだろ。おまえを守れとか脅《おど》されなきゃ、オレはさっさと教室に帰ってた。あの人、藤原のなんなんだ？　〝主《あるじ》さま〟とか呼んでたよな」

ウッと変な声が漏《も》れちゃった。

術を使ってるところも見られてるし、マガツ鬼の話もしたし、今さらだけど。まさか、「樹ちゃんは、わたしの家臣になったんだって」なんて、説明しづらいよ。

八上くんはしばらく、口ごもるわたしを観察してたけど。面倒《めんどう》くさくなったのか、周りの景色のほうに首を向けた。

「まぁいいや、ベツに興味ないし。あの人、あの勢いなら、なにがなんでも助けに来るだろ」

「うんっ。絶対に来てくれる。樹ちゃんは、ウソつかないんだよ」

「つくだろ。優《やさ》しいお兄さん風のキャラを作ってたじゃないか。本性《ほんしょう》はヤバそうなヤツだ」

「そ、そんな事ない。樹ちゃんは、元からずっと優しい」

「藤原にだけだろ」

八上くんはスタスタと裏庭を横切って、体育館裏の石段に腰《こし》を下ろす。

樹ちゃんの助けが来るまで、座って待つつもりなんだ。

現実世界では、チョウが無数にひらひら舞《ま》ってた。きっと樹ちゃんも、すぐ札を貼られて、こっちの世界に送られてくるよね。

そしたら武器の四宝がそろって、わたしが術に失敗さえしなければ、脱出《だっしゅつ》できる。

人間を書き換えるんじゃなくて、この空間を書き換えるだけなら、……すこしは怖《こわ》くない、はずだし。

わたしは八上くんと一人分の間を空けて、並んで座った。

「八上くんは、あのチョウの事、知ってるの？　さっき、『あ、こいつ』って言ってた」

「……」

珍《めずら》しくたくさんしゃべってくれてたのに、また急に黙《だま》っちゃった。

だれもいない水鏡の世界で、わたしたちが口を閉じると、耳鳴りがしそうなほど静かになる。

八上くんはわたしをチラリと見て、息をつく。

「……さすがにこんな大事になったら、放《ほう》っておけないもんな。わかった、話す」

そして、タメ息まじりに語り出してくれた。


文化体験会の、紙漉き体験の時。

みんなが押し花で飾《かざ》り付けをしてた頃《ころ》、八上くんは空いたビニールプールで、苛立《いらだ》ちをぶつけるみたいに漉き枠《わく》を動かし続けてた。

感情の行き場がない時は、いつも絵を描《か》いたり走ったり、なにか作業に集中する事にしてるから、ちょうどよかったんだって。

夢中になって、プールに沈めた手が、水のキンとした冷たさも感じなくなった頃。――どこからか、「ダレ?」って問いかけるような声が聞こえてきた。

驚《おどろ》くと同時に、体の内側が、応《こた》えるようにポッと熱くなった。

そして気づいたら、漉き枠から噴き出した白い光に包まれて――、目の前に、あのチョウがふわふわ羽ばたいていた。

作りかけの紙に、命が宿った。

このチョウは、紙に宿った精霊《せいれい》だ。

そうわかった後、彼はハッとした。

樹ちゃんは講座が始まる前、オオカミに打撃を与《あた》えて追い払《はら》ってた。このチョウもふつうの生き物じゃない。彼に気づかれたら、このチョウも、やられるかもしれない。

それで、みんながまぶしさに騒然《そうぜん》としてる間に、窓からチョウを逃《に》がしたんだ――って。

話を聞き終えたわたしは、すぅぅっと大きく息を吸って、肺をふくらませた。

じゃあ、あの白い光って、八上くんが、チョウを、紙から生んだ瞬間の光だったんだ。

そ、そんな、人間が精霊を生むなんて、できるの？

なら、チョウはマガツ鬼じゃない。だってマガツ鬼は、人間の悪い言葉から生まれるんだもの。

攻撃してきたってコトは、悪い存在のはずだけど……、でも、嫌な気配がなかったのもホントだ。

精霊がマガツ鬼になっちゃうなんていう事も起こるのかな。

「あのチョウ、すごくきれいだったよな。オオカミみたいに消さないで、なんとかできないのか」

「わ、わかんない……。でもこのままほっとけない、よね」

一匹一匹は小さくても、あの大群が全部まとまって攻撃してきたら、たぶん樹ちゃんが言ってた「大マガツ鬼」レベルで危ないよ。

チョウが宿った本体の紙も、樹ちゃんに預けて、矢神家で祀《まつ》ってもらったほうがいいのかもしれない。

そこまで考えて、わたしはアッと声を上げた。

「八上くん、その、チョウが宿った本体は⁉　今どこにあるのっ？」

「本体？　体験で作った紙なら、教室の、オレの机の中」

「……じゃあ、ダメかぁ……」

もしここにあったら、最悪、本体を破いちゃえば、チョウも消えるし、術も解ける。わたしたちもここから出られるよ——って、思いついたんだけど。

その手段がダメで、むしろよかった。マガツ鬼でもない精霊を破いて消しちゃうなんて、かわいそうだ。それに書道の四宝をわざと破り捨てるなんて、絶対にしたくない。

……やっぱり八方塞《はっぽうふさ》がりだ。

わたしたちは、またシンとなっちゃった。

「ほんとにこの世界、オレたちしかいないのか。プールに落ちたヤツらは？」

八上くんのつぶやきに、わたしはバッと立ち上がり、勢いよく周囲に首を巡らせる。

「急になんだよっ」

「玲連たちは⁉　桜も、プールから落ちたコたちも、本物が、こっちの世界に来てるはずだよねっ？　なのに、どうしてだれもいないの⁉」

わたしたちは、プールのフェンス下の地面に、「みんなをさがしてきます」と木の枝で書きつけて、樹ちゃんにメッセージを残しておいた。

プールの周り、更衣室《こうい》、それから自分たちの教室まで覗いたけど、ぜんぶ空振《からぶ》りだ。どこにも人の気配がない。

それに、よく知ってる廊下《ろうか》で、よく知ってる教室のはずなのに、左右が反転してるせいで、すごく不気味に見える。

「ほんとにわたしたちの他は、この世界に来てないのかな」

「オレたちと他のヤツらのちがいって考えたら、水たまりに落ちたか、プールに落ちたか——か？」

「落ちた場所によって、行き先もちがう？」

プールと水たまりで、別々の水鏡になってるから、その向こうの世界もバラバラ？　それが一番、ありえそうかな……。

話しながら、わたしは廊下の窓から下を覗いてみた。グラウンド一面に無数の水たまりが散らばって、鈍色《にびいろ》の空を映してる。

その景色をぼんやり眺めた後で。わたしは思い当たって、サーッと血の気が引いた。

「いたのか？」

「や、八上くん……っ。大変なことになっちゃった」

「もう大変だろ」

「ちがうっ。樹ちゃんが、助けに来られないかも！」

八上くんもしばらく考えた後で、ハッと顔を青くして、下の景色を覗き込んだ。

「水鏡の数だけ別々の世界があるなら——。オレたちがいる〝この世界〟に来るには、同じ水たまりから落っこちなきゃいけない？」

「だよ、ね？　樹ちゃんが、わたしたちが落ちた水たまりを覚えてて、その上に立ってる時に、チョウの札を貼られなきゃいけないんだ。――でもそれって、すごく、すっごく、難しい？」

プールフェンス前の、わたしたちがいたあたりにも、水たまりがいっぱいできてた。

しかもさらに大変な事には、樹ちゃんは術を使えない。

だから、もしも樹ちゃんが、ちがう水鏡の世界に入っちゃったら。

……二度と、そこから出てこられない。

筆を持ってるわたしと、残りの四宝を持ってる樹ちゃんが合流できなければ、わたしたちも、樹ちゃんも、玲連たちも、バラバラの世界に閉じ込められたまま。

「帰れない……」

つぶやいたわたしに、八上くんは目を見開いて、また水たまりの景色へ目をもどした。


今できるのは、樹ちゃんが来てくれるって信じて、待つ事くらいだ。

プールのほうへもどろうとしたら、途中《とちゅう》で八上くんが「腹へった」って、購買《こうばい》へ寄り道した。彼は商品の棚《たな》を覗き込むと、いきなりメロンパンの袋《ふくろ》を開けて、食べ始めちゃう！

「えっ、えっ、いいの!?」

「藤原も食えば。待ってる間、ヒマだし」

「悪いよ、やめようよ」

「偽善者《ぎぜん》」

彼はメロンパンをかじりつつ、一番ズキッとくる言葉を投げてくる。そして自分が出した黒い煙に、ゲホッとムセた。

パンなんて食べてる場合じゃないし、どろぼうなんてダメだし、悪口まで言われた。自分だってムセるの分かってるんだから、悪口なんて言わなければいいのに。

わたしは口がへの字になっちゃう。

「だって、お金も払ってないのに」

「だって、チョウが作ったニセモノの世界だろ」

彼はわたしの口調をマネして、ふんと鼻を鳴らす。そして冷蔵庫から牛乳パックまで取り出した。

「ふつうに食える。よかった。腹へって死ぬのは、心配しなくて大丈夫《だいじょうぶ》そうだな」

パックにストローをさす彼に、わたしは目をしばたたいた。

……八上くん、なかなか脱出できなかった時のために、食べ物の事を考えてたの？

彼はメロンパンと牛乳パックを手に、もうプールのほうへ歩き出しちゃう。

「あっ、待って」

わたしはオタオタしたあげく、自分も今、喉を通りそうなもの――って探して、目についたカップアイスを取り、レジに頭を下げて、急いで八上くんの背中を追った。

「ごめんっ。わたし、長引いた時にどうしようって事まで考えてなくて、ひどい事言っちゃった」

「……藤原が怒った顔、初めて見た」

「お、怒ってないよ」

そんな風に見えたんだ。

筆を持ってるわたしがしっかりしなきゃいけないのに、心拍数《しんぱくすう》はずっとスゴいままで、不安で鳥肌《とりはだ》も収まらなくて。こんなんじゃ、ますますミコトバヅカイじゃないよ。

急いで笑顔《えがお》を作ったら、八上くんは興味を失ったように、前を向き直した。

またシンとしちゃって、わたしはアイスに目を落とす。

「八上くんは、すごく落ち着いてるね。いつもと全然変わらない」

「慣れてる。藤原たちが言う鬼だか精霊だか、そういうのに連れてかれて、何日も帰してもらえないこともあった。相手の腹がへってんのもわかんないで近づいて、襲《おそ》われてケガする事もあったし」

「そ、そんなだったの……？」

わたしはとなりを歩く、平気な顔した同い年の男の子を、改めて見つめる。

八上くんはだれにも説明してもらえなくて、だれにも相談できなかったから、自分だけで、一つ一つ、「このコは危ない」「あのコは大丈夫」って、体当たりで覚えてきたんだ。

今みたいに落ち着いて対処できるようになるまで、どれだけ不安で、どれだけ大変だったんだろう。

「……八上くんも、ふしぎなものがわかるせいで、周りの人に怖がられたり、からかわれたりした事、ある？」

八上くんはちらりとわたしを見る。

「ある」

小さい声で、でもハッキリと答えてくれた。あるんだ。やっぱり、同じなんだ。

わたしは何度も瞬《まばた》きしてから、「そうだよね」と、小さくうなずいた。

二人きりだと、八上くんは意外とよくしゃべる。

ヒマつぶしでか、ほんとはずっとだれかに話したかったのかわからないけど、彼は昔の事を、ぽつぽつと教えてくれた。

──絵を描き始めたのは、目撃した「こんなとこにいるはずないもの」を、周りの人に説明するためだったんだって。

それを信じてもらうのは、すぐにあきらめちゃったけど、絵を描くのが好きって気持ちは残った。

そういえば同じ美術部のコが、八上くんはよく動物のスケッチをしてるって言ってた。それ、最初はマガツ鬼や精霊のスケッチから始まったんだね。

わたしもカラスさんの絵を、たくさん描いたなぁ。お母さんが来ると、カラスさんは姿を見えなくしちゃうけど、「ほんとにいるんだよ」って教えてあげたかったんだ。

あの絵、今は机の引き出しの中だけど……、八上くんの話を聞いて、ひさしぶりに思い出した。

一緒にこの世界に閉じ込められなかったら、きっと永遠に、こんなおしゃべりをする機会はなかったよね。そう思うと、このピンチが、悪い事ばっかりじゃないように思えてきちゃう。

この人は、わたしと同じ心の傷を持ってるのに、それでも一人で、凜《りん》として生きてきたんだ。

わたしみたいに、自分にウソをつきながら周りの人達にすがりつくようなマネはしないで、一人きりでも、強く。

「八上くんって、すごいね」

心からつぶやいたら、彼はなんにもない廊下で、ガッとつまずいた。

そしてわたしをまじまじと見つめた後で、ぷいっと窓の方に顔を背けちゃう。

「……バカじゃねぇの」

「ううん、ほんとにすごい。一人きりで、ふしぎなことと向き合ってきたの、強くてカッコいい。わたし、見習いたい」

言葉を重ねると、八上くんのほっぺたは、カ～ッと赤く染まっていく。

「オレは単に、元から人間なんて好きじゃないだけだ。しょっちゅう黒い煙を吐《は》くし、ややこしいし。だから藤原も、見えてるのを隠《かく》してたんだろ」

「う、うん……」

「オレは、藤原みたいに、アホみたいに愛想《あいそ》よくしてまで、あいつらの仲間に入りたいなんて思わない。オレたちがなに言ったって、どうせあいつらには、まともに通じやしないんだ。とっくにあきらめた」

八上くんはそっぽを向いて、いつもより低い声でボソボソと言う。

「あんな面倒なヤツらと関《かか》わるより、精霊と友達になるほうが、ずっといい。危ない精霊……マガツ鬼だって、腹へってる時に下手《へた》に近づかなきゃ、人間よりずっとわかりやすくて、つきあいやすいんだ。

オレにとってマガツ鬼は、人間が吐く黒い煙を食ってくれて、吐いた人間をこらしめてくれる、正義の味方だ」

八上くんは歩きながら、一息に語った。今まで溜《た》め込んでたものを、全部吐き出すような勢いで。

「マガツ鬼が、正義の味方……」

目からうろこだ。

わたし、ちーちゃんの友達のカラスさんは、「カラスの精霊」だと思ってたけど、ちーちゃんからは「オンギョウキ」って呼ばれてた。漢字をあてるなら、姿を隠すって意味の「隠形」に、「鬼」？

だから、精霊でも鬼でもあったたっていうコトなのかなぁと思ってる。

わたしもカラスさんと仲良くなれたんだから、八上くんがマガツ鬼や精霊をつきあいやすいって思うのは、……間違ってるなんて言えない。

ほんとはわたしだって、さっきアキがわたしを怖がった瞳が、頭にこびりついて離《はな》れない。

お兄ちゃんとカラスさんの存在を信じてもらえなくって、アキたちにウソつき呼ばわりされた事も、……いまだに傷ついてる。

だから――。

わたしも周りの人に恵《めぐ》まれてなかったら、八上くんと同じふうに、マガツ鬼のほうを友達にしてたかもしれない。

八上くんは、ちーちゃんやモモお姉ちゃんたちに出会えなかった、〝もしも〟の世界の、わたしだ。

わたしたちは薄暗《うすぐら》い校舎から出て、裏庭経由でプールのほうへ。

先を行く八上くんの背中を見つめて、わたしは足を止めた。

彼なら――、今なら、聞いてもらえる？

わたしはカップアイスを持つ両手に、ぎゅっと力を込める。

「わっ、わたしにもねっ。精霊の友達が、いたの！」

言っちゃった……！

自分の口から出した言葉に、心臓がドッドッドッと音を立てる。

「へえ」

八上くんは、わざわざわたしを振《ふ》り向いた。

「それから！　お兄ちゃんもいたのっ」

いったん口火を切ったら、もう止まらなくなっちゃった。

「そのお兄ちゃん、マガツ鬼と戦って、消えちゃった。その時、お兄ちゃんがみんなの記憶《きおく》を消したから、ほとんどみんな、お兄ちゃんがいたことを覚えてない。でも、ほんとにちゃんと、いたんだよ！」

一気にしゃべった後、小走りに駆《か》け寄る。八上くんはわたしをじっと見つめて、また歩き出した。

「消えちゃうのは、ヤダよな」

ぼそっと、聞き取りそこねそうなくらい、小さな音だった。

わたしは彼の背中を、呆然《ぼうぜん》と見つめる。

「……うん。ヤダったんだ」

遠慮《えんりょ》なしに先へ行っちゃう背中に、つぶやいてみる。

八上くんは弱ってるマガツ鬼を見かけると、消えるまで、そばにいてあげるって言ってた。今まで何度、マガツ鬼が消えていくのを見送ったんだろう。

彼はもう、振り向きもしないけど。

わたしは、その不意打ちの「ヤダよな」が、ガサガサに乾《かわ》いてひび割れてたような胸に、染《し》み込んで、しみて、痛いくらい。

胸の底に沈めてた、ちーちゃんとカラスさんへの想《おも》いが、あふれてきちゃいそうで、苦しいよ。

五年ぶりに二人の事を言葉にして、わたし……、わかった。

わたしはずっと、ちーちゃんたちの事、ふ、つ、う、に話してみたかったんだ。

だれかに「そうなんだ」って言ってもらえたら、胸の中にこっそり抱《かか》えてるより、「二人がいた」事実が、ずっと本当の事に思えてくるから。

だから、八上くんがカケラも疑わずに、当たり前みたいにうなずいてくれたのが、すっっごく、ものすっごく、うれしい……っ!

八上くんは昨日オオカミが消えた木の下を通り過ぎて、石段に腰を下ろした。わたしたちがこっちの世界に来た、プール前の水たまりが見える位置だ。

わたしもとなりに座って、カップアイスのふたを開ける。お金を払ってないから、なんだかいけない事をしてる気分だ。

でも、木のスプーンですくって、ぱくっと口に入れちゃう。

まだ早駆けてる心臓が、喉を通るひんやり冷たいアイスに、すぅっと落ち着いていく。

八上くんが眉を上げた。

「おまえも共犯じゃんか」

「うんっ」

「イヤミだよ」

「うん、わかってる」

「なんでうれしそうなんだよ。やっぱり人間のほうが、ワケわかんね」

こんな状況《じょうきょう》で、作り笑顔じゃなくて、本気で笑みが浮かんでくるなんて、変だよね。

わたしはアイスをのせたスプーンを、八上くんに差し出した。

「バニラ、半分こする?」

「いらね。パン食ってる」

「わたし、冷たいの食べすぎると、すぐお腹《なか》痛くなっちゃうんだ」

「ならアイスにしなきゃいいだろ。バカじゃね。…………ここ、のっければ」

八上くんはメロンパンを上下に割って、下のほうをお皿代わりに差し出してくれた。

わたしはうれしくなっちゃって、満面の笑みで、アイスをもりもりにのっける。

「八上くん、ありがとう」

「……」

またアイスをすくって、ぱくっと食べながら、笑ってるのに、うれしいのに、なんでか涙《なみだ》がこみ上げてくる。

わたし、ちーちゃんたちの事は絶対に忘れないって決めてた。でも、今うまくやっていくために、二人の事は、ずーっと、一言も口にしなかった。

だけどそれじゃあ、逆にわたし自身が、二人を「いなかった事」にしようとしてたみたいだよね。一番いなくなってほしくなかった人たちなのに。

「ちーちゃん、カラスさん、ごめんね……」

「──カラスさん？　それが、さっき言ってた、おまえの友達の精霊？」

八上くんがストローを噛《か》んでた口を開けた。

「うん。おっきなカラスの姿のコ。今のわたしでも見上げるくらい、大きかったんだよ。本当の名前は別にあったけど、わたしはトリさんとかカラスさんって呼んでた」

「大きなカラスの精霊……」

八上くんはストローから口を離し、なにか思い出すような瞳で、胸を押さえる。

この反応はなんだろう。まさか、カラスさんの事を知ってる？

わたしが身を乗り出した瞬間。

「りんねちゃん！」

プールフェンスの前、人影が地面から突き出すように現れて、スタッと着地した。

わたしたちが出てきた水たまりの上に、だれかが立った！

「樹ちゃんっ！」

制服姿の彼が、こっちを向く。

ほんとに樹ちゃんだ。

無数の水たまりの中から、わたしたちがいる、まさにその一つを捜し当ててくれたんだ……っ！

8 想いのままに

「ごめん、待たせちゃった！　……と思ったら、仲良くオヤツ中かぁ」

樹《いつき》ちゃんはぶるるっと首を振《ふ》り、雨に濡《ぬ》れた髪《かみ》の水気を飛ばす。

緊迫《きんぱく》した表情が、わたしたちの安全を確認《かくにん》したとたん、ふわっとゆるんだ。

その笑顔《えがお》に、わたしは心の底からホッとした。

八上《やがみ》くんはメロンパンをほおばって、す、すごい、三口で全部食べちゃった。わたしはカップアイスを持ったまま、樹ちゃんのところへ駆《か》け寄る。

近づいてみて、目を疑った。彼のブレザーとシャツのボタンがちぎれて、ボロボロだ。

「これ、どうしたのっ？」

「チョウを攻撃《こうげき》したら、生徒の影《ニセモノ》たちが集まってきて、ジャマされちゃった。この世界につながる水たまりを蹴散《けち》らされたら大変だから、全員、気絶させてから来た。時間がかかっちゃって、ごめんね」

「う、ううん。来てくれて、ありがとう！」

「気絶って、それ使って？」

わたしのとなりに並んだ八上くんが、胡乱《うろん》な目で、樹ちゃんの手の文鎮《ぶんちん》を眺《なが》める。

樹ちゃんはほほ笑んだまま、何も答えず文鎮をポーチにしまった。

と、ともかく、樹ちゃんはたった一人で、わたしたちと同じ考えに行き着いて、戦いながら、この同じ水鏡の世界にたどり着いてくれたんだ。

「よく、わたしたちがいる水鏡がわかったね」

見上げると、彼はわざわざ身をかがめ、わたしの鼻先で笑った。

「そりゃあ、ぼくだもの。りんねちゃんがいくら迷子《まいご》になっても、何度だって見つけるよ」

わたしはまじまじと〝幼なじみのお兄ちゃん〟を見つめた。

雨の山で、わざと迷子になったわたしを見つけてくれた時と、同じ笑顔。

樹ちゃんも、あの日の事をずっと覚えててくれたんだ。

「ありがとう……」

胸が熱いものでいっぱいになる。

「――で、こっから出る方法はあるんだよな？」

八上くんは飲み終えた牛乳パックを畳《たた》む。

樹ちゃんは珍《めずら》しく、気まずげに視線をさまよわせた。

「ここから脱出《だっしゅつ》するためには、……りんねちゃんのチカラを借りなきゃいけない」

「うん」

わたしは千花《せんか》の入ったポーチを両手でつかんだ。

書き換《か》えるのは、正直、怖《こわ》い。また失敗しちゃいそうだ。

怖いと思ったとたん、幼なじみたいに思ってたこの筆と、急に心の距離《きょり》が開いたような気までする。

ポーチをつかんだ手にも、じわっと冷たい汗《あせ》がにじむ。

——でも、八上くんはずっと一人きりで、怖い事や不安な事と向き合って、自分にウソをつかずに生きてきたんだ。

さっき彼をカッコいいなってうらやましく思ったのは……、わたしたちは同じはずなのに、全然ちがったから。わたしは自分にウソばっかりついて、ここまでやってきたから。

千花をポーチから取り出し、きっぱりした白い色の軸《じく》を見つめて、下唇《したくちびる》を噛《か》む。

わたしは、本当はどうしたいんだろう。

モモお姉ちゃんがやったからとか。樹ちゃんの期待に応《こた》えたいからとか。そういうので、お役目をやるんじゃなくて。

アキたちに怖がられるから、失敗したら無価値に思われそうで怖いから。だからお役目をやらないとかじゃなくて。

——わたしは？

頭がぐちゃぐちゃして、自分自身の心の声が聞こえない。今までずっと、人の言葉ばっかり気にして、自分を無視し続けてきたから、自分がどうしたいのかわからない。

わたしはまぶたを下ろして、長く、細い息を吐《は》く。

心の底に、何度も何度も厳重に沈《しず》め直してた自分の気持ちを、そうっと覗《のぞ》いてみる。

……そうしたら、最初に、ちーちゃんとカラスさんの顔が浮《う》かんできた。

そして、二人が二度ともどってこないってわかった時の悲しい気持ちが、押し寄せる波になって、わたしを呑《の》み込む。

——お兄ちゃんなんていないじゃん。ウソつき。

——へんなコトばっか言ってさ。りんねって、〝フシギちゃん〟だよね。

昔、アキたちに嘲笑《あざわら》われたあの声が、もう一度わたしの胸を刺《さ》す。

さっき玲連《ニセモノ》を消しちゃった時の、アキの、あの恐怖《きょうふ》の瞳《ひとみ》。古代鬼《おに》に体をのっとられた時、鬼になったわたしに向けられた、お母さんの、先生の、同級生の、「ふつうの人間じゃない」って言葉。

押し込めて閉じ込めて、見ないようにしてた黒いものが、渦《うず》になって心の中を激しく逆巻く。

悲しい、嫌《いや》だ、つらい、怖い。わたしなんて、大嫌《だいきら》い……！

——でも、だけどっ。

この持てあましてばっかりのチカラで、玲連《れれん》たちを助けられるならっ、チカラがあってよかった。そうでしょ？

い、い、

ふつうとかそうじゃないとか、今はいいっ。

わたしが、みんなに消えてほしくないんだもん！

「樹ちゃん。札をください。わたしが、みんなを助ける」

わたしは、水たまりを見つめたまま口にする。

視界の隅《すみ》で、樹ちゃんが目をしばたたき、わたしの横顔を凝視《ぎょうし》する。

今のわたし、どんな顔をしてるんだろう。

でもどんな風に思われたって、もう、やるって決めた。

樹ちゃんはわたしを見つめたまま、気圧《けお》されたように一歩下がり、地面にヒザをついた。それから恭《うやうや》しく、札と墨壺《すみつぼ》を差し出してくれる。

わたしはそれを受けとり、この世界からの出口、水たまりを見据《みす》えた。

――玲連、桜《さくら》、待ってて。ここから脱出したら、すぐに助ける。

わたしずっと、みんなに偽善《ぎぜん》で接してたみたい。だけどそれは、みんなの仲間に入れてもらいたかっただけで、みんなの事が嫌いで、心を閉《と》ざしてたワケじゃない。

アキが宿題を忘れて、大急ぎで手分けして書き写したり、月イチで変わる桜の好きな人の話にキャアキャアしたり、玲連のおすすめの動画の鑑賞《かんしょう》会をしたりとか。担任の先生の寝癖《ねぐせ》がすごくてかわいいねとか、そんな事でくすくす笑える毎日が、とっても楽しかった。

三人の事、ちゃんと大好きなんだよ。

わたしは鼻から息を吸い、お腹《なか》の底にしっかりとためる。

そして、墨壺にひたした穂先《ほさき》を、白札へ走らせる！

ぐんっと千花に腕《うで》を引っぱられた。

千花はまるで、友達の手をぐいぐい引いて走る、ちっちゃなコみたいだ。加減もわからないまま、無邪《むじゃ》気《き》にやりたい放題に、わたしのチカラを引きずり出していく。

だって、千花は五年前に作られたばかりだもんね。

ほんとに幼稚園《ようちえん》のコと変わらないんだ。

わたしは全部持っていかれそうになりながらも、あえて軸を持つ指から力を抜《ぬ》く。

千花、焦《あせ》らなくても大丈夫《だいじょうぶ》だよ。わたしの言葉、聞こえてる？　うん、そう。ゆっくり、いっしょにゆっくりね。わたし、ちゃんとついていくから、大丈夫だよ。

そうして――。おしまいの一画まで、払《はら》いをシュッと抜ききった。


「ミコトバヅカイの名において、千花寿《ことほ》ぐ、コトバのチカラ！」


わたしが放った札は、水たまりに突《つ》っ込み、水鏡を波打たせて煙《けむり》を上げた。

今度は大丈夫！

無邪気に駆けずり回るだけだった千花が、わたしを振り向いてくれた感じがした。

煙がもうもうと立ちのぼり、わたしたちまで包んでいく。

視界が真っ白で、なにも見えなくなっちゃった。樹ちゃんがわたしの手首をつかむ。わたしは勝手に八上くんと手をつなぐ。

そして――。


最初に目に入ったのは、煙の向こうに輝《かがや》く、赤い光線だ。

だれかがバタバタと走っていく音が、いくつも続く。

人の気配！

現実の世界に、もどって来られたんだっ。

「りんねちゃん、やった！」

樹ちゃんがパアッと明るい声を上げる。

彼のほうを見て、わたしはギョッとした。笑顔の樹ちゃんが、自分にソックリなお兄さんを羽交《はが》い締《じ》めにして、気絶させたところだ。

そ、そっか。樹ちゃんが水鏡の世界に来た時、彼の「影《ニセモノ》」がこっちに出てきてたはずだもんね。

彼は平然とニセモノの自分を地面に転がして、わたしに笑顔を向ける。

「今の、どんな書き換えだったの？」

「あ、えっとね。水鏡の『逆様』の世界を、**思《おもう》様《さま》**に書き換えたの。わたしの思いどおりに、この世界にもどれるかなって。それに、書き換えの言葉の意味が、ちゃんと思ったとおりに発動してくれますようにって。両方の意味をかけたんだ。うまく効いて、よかったぁ……っ」

「なぁ、でもっ、」

八上くんがわたしのヒジを引っぱった。その手を、樹ちゃんがさりげなくはたき落とす。

強い風に煙が吹《ふ》き流されて、外の景色がくっきり見えてきた。

プールの前に停《と》められた、救急車。

生徒たちがタンカで次々と運び込まれていく。しかも救急隊員さんは、フルフェイスのマスクに、酸素ボンベの重装備だ。

わたしたちは、集まった野次馬《やじうま》の後ろに出現したみたい。

騒《さわ》ぎのど真ん中に出なくてよかったけど、こ、これって……!

「みんなの『影《ニセモノ》』を、本物の生徒だと思ったんだよっ。それで救急車を呼んじゃった!?」

「あぁ、ぼくが気絶させたのを放置していったからかぁ」

樹ちゃんは「やらかしちゃった」って苦笑い。

倒《たお》れた生徒たちの山の中に、わたしと八上くんっぽいニセモノの背中も覗いてる。

わぁぁ、やっぱり自分のソックリさんなんて、気持ち悪い……っ。

八上くんは「怖ッ」とドン引きして、樹ちゃんから後ずさった。

『避難《ひなん》してください。プール前で、大勢の生徒が倒れているのが発見されました。プール周辺に、薬物がまかれた可能性があります。万が一に備え、生徒の皆《みな》さんは、グラウンドに避難してください。くり返します。この放送は、訓練ではありません。生徒の皆さんは、グラウンドに避難してください』

校内スピーカーから、避難放送まで流れてきたっ。

まだ一帯に、頭をボウッとさせる霧《きり》が漂《ただよ》ってる。わたしたちはあわてて口を手のひらで覆《おお》った。

先生たちはきっと、この霧を、悪い人がわざと薬物をまいたってカンちがいしたんだ。

「霧」の攻撃は続いてるのに、さっきまで感じてた、プールを覆いつくす気配はなくなってる。チョウたちはどこかに移動した？

樹ちゃんも目をすがめて、あたりの気配を探《さぐ》る。

「後はチョウを倒せば、術が無効になって、みんなの本物ももどってくるね。捜《さが》しに行こう」

「樹ちゃん。わたし、チョウは消したくない」

「ええっ？」

新しい札を出してくれた彼は、ギョッとしてわたしを見る。

「あのチョウは、八上くんの紙から生まれた精霊《せいれい》なんだって。マガツ鬼《き》じゃないの」

「──え」

「わたし、今、千花を使って思ったんだけどね。たぶんチョウも生まれたてだから、赤ちゃんみたいに、遊んでるつもりなのかも。だから、消さないであげたい」

最悪の場合、教室にあるっていう本体の紙を破っちゃえば──って、頭をかすめないワケじゃない。でも、やっぱりそんな事できないよ……。

「待って、りんねちゃん。八上ミツが作った紙から、精霊が生まれた──って言った？」

樹ちゃんの顔から、柔《やわ》らかさがストンと落ちて消えた。

わたしは八上くんと視線を交わし、二人でうなずく。

「この前の、紙漉《かみす》き体験の時だ。紙漉きしてたら、あれが出てきた」

「……文房《ぶんぼう》四宝の精霊を、素人《しろうと》が、生んだ……？」

樹ちゃんがこんなに驚《おどろ》いてるのを見たのは、今までで初めてかもしれない。

「おまえ、本当に何者なんだ！」

「なんだよ、何者でもないよ」

二人は急に口をひん曲げてにらみ合う。

「そんなはずない。匠兄《たくみにい》でも、紙の精を生み出せないでいるんだ」

「ハ？　なに言ってるか、意味わかんね」

「なにか特別な理由がなきゃ、ありえないって言ってるんだ。おまえ、実は邪気を消してる鬼だったり、」

「――札二枚と、墨！　ください！」

はやくみんなを取り返したいのに、ケンカしてる場合じゃないよっ。

千花を構えたまま口を挟《はさ》んだわたしに、

「はい！」

樹ちゃんはビシッと気をつけの姿勢。大あわてで、札と墨壺を出してくれた。

「怒《おこ》られてやんの」

「主《あるじ》さまがお役目をなさいますので、静かにしろ」

「ウザッ」

まだケンカしてる二人を尻目《しりめ》に、わたしは千花と札を持ち直す。

疲《つか》れた感じはない。まだ余力はある？　千花だって、ワクワクしてるのが伝わってくる。

行くよ、千花！

「ミコトバヅカイの名において、千花寿ぐ、コトバのチカラ！」

わたしは札を二枚いっぺんに書き上げ、一枚目をフェンスの向こうの、プールの水面へ！

そして二枚目を、タンカに乗せられた「影《ニセモノ》」たちのほうへっ。

ヒュッと風を切った札は、それぞれに貼《は》りついて、あたり一面を包みこむほどの煙を上げた。

——白い煙が流れ去ると、プールサイドのあちらこちらに、座り込んだオレンジの制服のコたちが見えてきた。

よりによって、もどってきたのがプールの中だったコもいる。悲鳴を上げながら水から上がって、大きなくしゃみをしてるのは、桜だ……っ！

よかった、できた！

一枚目は、水鏡の「彼方此方《あべこべ》」の世界を、同じ字のままで、彼方此方《あちらこちら》にした。

読みを変えただけだから、チカラも節約できたと思う。

そして二枚目は——。

白い煙と共に、立ち込めてた「霧」も晴れていく。

「き、消えた⁉」

タンカをかついでた救急隊員さんが、腰《こし》を抜かした。地面に倒れ重なってた生徒《ニセモノ》たちが、みんな一気にいなくなっちゃったから。

代わりに、丸い形の影がいくつも地面に落ちてる。

空は急に晴れてきて、雲ひとつないのに。

「これは……、雲の影？」

樹ちゃんは自分の足もとを流れていく影を、上履《うわば》きを引いてよけた。

「うん、当たりだよ。『霧』と『影《ニセモノ》』にまとめて札を貼って、**雲影**、雲の影にしたの」

「なるほど……！　それでみんな、消えたように見えたんだ」

救急隊員さんや先生たちは、大騒ぎ。

彼ら目線だと、救助しようとしたコたちが、いきなりプールに瞬間《しゅんかん》移動したと思ったよね。

ほんとはニセモノは雲の影になって、消えてた生徒たちが、プールにもどってきただけなんだけど。

樹ちゃんにうなずきながら、わたしは急にゼイゼイ息切れしてきた。

札三枚連続で、しかも二枚目は、何十人もを一気にこっちに引きもどしたせい？

でもとにかく、失敗しなかったみたいで、よかった……！

樹ちゃんに背中をさすられながら、周りを見回す。

「玲連は、どこだろ」

「今村《いまむら》、見当たらないよな」

八上くんも一緒《いっしょ》に確かめてくれる。

玲連は教室で「影」になっちゃったから、今のプールの書き換えじゃ、もどって来られなかった？

「樹ちゃんっ、玲連は教室で札を貼らないとダメだ！」

わたしは叫《さけ》ぶなり、校舎のほうへ走りだした。樹ちゃんと八上くんもついてきてくれる。

グラウンドに避難しようとする生徒たちとニアミスしそうになって、あわてて迂回《うかい》しながら、一年五組の教室をめざす。

階段の先、わたしのクラスの方向から、強い気配を感じる。

チョウもあっちにいるっ？

階段を上る足がフラフラしてるのに気づいたのか、樹ちゃんがひょいっとわたしを抱《だ》き上げた！

「へわっ⁉」

「気づかなくてごめん。書き換え続きでしんどいよね」

「お姫《ひめ》サマかよ」

八上くんが呆《あき》れた顔をするけど、樹ちゃんは「お姫さまだよ」と当然のように言い返す。

そのままの体勢で飛び込んだ一年五組は、――だれもいない。

避難が完了《かんりょう》しててよかったぁ……っ。だれにも見られないで済む！

そして透明《とうめい》なチョウは見えないけれど、やっぱり、ここにいる。

教室はプールよりも狭《せま》いから、のっぺり広がっていた気配が圧縮されて、ひりひり肌《はだ》が痛いくらい強く感じる。やっぱりオオカミとはケタちがいだ……っ。

「あのっ！　みんなに攻撃するつもりはないんですっ。だから、友達を返してください！」

見えないチョウたちに、わたしは首を巡《めぐ》らせて語りかける。

樹ちゃんは、まさか、わたしが「敵」に話しかけると思ってなかったのか、ぽかんとした。

でも、チョウを消したくなくて、玲連を返してもらいたいなら、話し合うしかない？

わたしはカラスさんと仲良くなれた。八上くんも、オオカミや、ふしぎなものたちと心通わせられた。

まだ生まれたての赤ちゃんの精霊なら、なおさら言葉が届くんじゃないか……って。

チョウたちの気配は動かない。攻撃はして来なそう？

と、とにかく、玲連を連れもどさなきゃっ。

真ん中の席あたりの床《ゆか》を探すと、やっぱり。不自然な黒いシミが、まだそのまま残ってる。

「玲連……っ！」

ゾッと鳥肌が立った。玲連は丸一日、影になったまま、ここにいたんだ。だれにも、こっちが本物だって気づいてもらえずに。

「樹ちゃん。これが玲連だ。わたし、書き換える」

「無理だけはしないで」

樹ちゃんは札を渡《わた》してくれながらも、わたしの顔色を心配そうに観察してる。

大丈夫って言葉にするのも、ウソっぽい？　でも、今回はきっと、これでおしまいにできるからっ。

わたしは呼吸を整え、千花の穂先を白札に定める。

……「影《ニセモノ》」の玲連を、「景」に書き換えて消しちゃった時の、死ぬほど怖かった気持ちが、ヒュウッと冷たい風になって胸に吹きつける。

今度こそ、失敗できない。

でも、もう怖がらないよ。今、二回成功できた。その時ちゃんとわかったもん。

ちーちゃんの魂《たましい》を継《つ》いだ千花は、絶対に、わたしの味方だ。

ちーちゃんと手をつないで歩いたのと同じに、千花と心をつなぎ合える。

床に貼りついた、玲連の影を見つめる。

「影」から「彡」のパーツを取って、「心」を意味する「忄《りっしんべん》」を添《そ》えれば、憬《ケイ》。

「心の中が明るくなる」とか「あこがれる」っていう意味の字になる。

うん、決めた。千花、あとひと踏《ふ》ん張り、行こ！

——と、穂先を札に置いたとたん。

紙に墨が吸われるように、わたしの意識もスッと落ちかけた。

「りんねちゃん！」

ヒザからくずおれそうになったわたしを、樹ちゃんが危ないところで抱き止めてくれた。彼が飛びついた時に弾《はじ》いたイスが、代わりに大きな音を立てて引っくり返る。

「ダメだ。ここまでにしよう」

「ううん、やる……っ。玲連だけこのままひとりぼっちなんて、ダメ」

もうニセモノも消えたのに、今日玲連が家に帰らなかったら、事件になっちゃう。

なにより、玲連が心配だよ。わたしも八上くんがいなくて一人だったら、水鏡の世界はすごく怖かったと思う。なのに玲連はこんなところに、もう一晩もいるんだよ。

わたしは樹ちゃんの腕を支えに身を起こす。お腹がひどく痛い時みたいだ。足から力が抜けて、体中の毛穴から冷たい汗が噴《ふ》き出してくる。

「りんねちゃん。チョウの本体の紙を……燃やし尽《つ》くせば、術も解ける。そっちの手段を取ろう」

「なんだよそれ。今村をもどすためなら、チョウは殺してもいいみたいなの、おかしくないか」

八上くんは、わたしたちがチョウを消すんじゃないかって、心配してついて来たのかもしれない。チョウが教室に移動したのも、本体を守るため？

わたしは唇を噛んで、今度こそしっかり筆を運ぼうと、千花を構える。

わたし、自分でやりたいって思って、ふつうじゃない事に向き合うの、初めてなんだ。やろうって思えた自分がうれしいんだ。ちゃんとやりとげたい。

「いけないよ。りんねちゃん」

樹ちゃんがいつになく真剣《しんけん》な顔で、わたしの右手を、上から両手で包んできた。

彼は文房四宝の職人さんなのに、チョウが紙の精だって知ってて、わざと破いて消すなんて、絶対に選びたくない手段に決まってる。

「玲連はわたしの友達だよ。チョウは八上くんが生んだコで。どっちかだけなんて、選びたくない」

「伝えたよね？　これ以上やったら、きみの命を削《けず》る」

八上くんが目を大きく見開く。

「命……？」

わたしはぶるるっと首を振り、まだ止めようとする樹ちゃんの手から、自分の右手を抜く。

千花を持ち直したところで、

バンッ！


戸口から、だれかが飛び込んできた。わたしたちはギョッとしてふり返る。

アキだ。アキが眼を吊《つ》り上げて立ちはだかってる。

「アキ⁉　グラウンドに避難してたんじゃなかったの……？」

「りんね。また、玲連を消した、あのふしぎなのをやるつもり⁉」

アキの視線は、まっすぐわたしの筆と札に向いてる。今さら言い訳しても、なんにもごまかせそうにない。わたしはぎこちなく、ギシギシうなずく。

「玲連を消すんじゃなくって、助けたいの。信じて、アキ」

震《ふる》えるわたしの声が、聞こえたのか、聞こえなかったのか。彼女は射貫《いぬ》く瞳で、わたしを見据えた。

「――りんねの、偽善者！」

彼女たちがカゲで言ってるって聞いた悪口を、とうとう正面から叩《たた》きつけられた。

千花を札に置いたまま、わたしは凍《こお》りついちゃった。

そして樹ちゃんの顔面が、怒《いか》りの色に塗《ぬ》り変わる。

「きみ、どういうつもり？」

「入江《いりえ》。おまえ、わざわざそんな事を言いに来たのかよ」

八上くんまで一歩足を踏み出した。

アキは二人を無視して、ずんずんわたしに向かってくる。

彼女の迫力《はくりょく》に、わたしは筆と札を手に持ったまま後ろに下がって、背中を机にぶつけた。

「ア、アキ？」

「今、樹センパイが『命を削る』って言ってたよね。それ、りんねが死んじゃうって事？」

「ち、ちがう。すぐにじゃないよ。あんまりやりすぎると、……寿命《じゅみょう》が短くなるっていうだけで」

「だけじゃないでしょ！　大変な事じゃん！」

肩《かた》をつかんで、怒鳴《どな》られた。

樹ちゃんが割って入ろうとした格好のまま、途中《とちゅう》でストップする。

「でも、玲連がまだひとりぼっちで、」

「わかってる！　こっそり聞いてたっ。でもなんなのっ？　なんでりんねがやんなきゃいけないの⁉　どうしてりんね、いつも人のことばっかりで、自分ばっかり損して、マジでムカつく！　今度は命を削るとか……っ。いいコぶるのも、いいかげんにしろよ！」

アキの瞳に、みるみる涙《なみだ》がたまっていく。アキが泣くのなんて初めて見る。ひどい言葉を叩きつけられてるのに、わたしも、……目の奥が、ツンと熱くなる。

アキはわたしのために、泣いてくれてるの？

「……アキ」

「りんねはもっと自分を大事にしろ！　やりたくない事は、ちゃんと嫌だって言え！　今だって、……いつももだよっ。どうして、みんながうまくいくようにって、ぜんぶりんねが帳尻《ちょうじり》を合わせようとすんのっ？　あんたって、そんなに、みんなの感情の全責任を取れるほど、すごくてエラいわけ⁉」

「そ、そんな風に思ってない！　わたしはただ……っ、」

アキは、わたしの事、そんな風に思ってたの？

みんなが笑顔でいられるように、わたしがなんとかしてあげるからね、みたいに？　わたしそんな傲慢《ごうまん》な事、考えてないよ。むしろ……。

唇を噛んでうつむいたわたしの肩を、アキが両手で揺《ゆ》さぶる。

「ただ、なに。言いなよ。言わないから、りんねはズルいんだよ」

「わたしは！　役に立ててたら、みんなの中に、自分の居場所をもらえるかなって！　わたし、こんな術なんて使うし、みんなが見えないものが見えちゃうしっ。ちーちゃんも、カラスさんも、ほんとにいたんだもんっ！　わたしだけ、全然、みんなのふ
つうとはちがくって……！　だから、だからっ」

涙がこみ上げてくるせいで、声がひしゃげる。

真向かいのアキも、顔をしかめる。でもわたしから視線をはずさない。まっすぐ見つめ続けてくれてる。

だからわたしは、まだ言葉を続けられる。

「アキたちのせいじゃん！　アキたちが、〝フシギちゃん〟って、からかうから……っ。だけどわたし、全然ふつうになれないからっ。だから、〝フシギちゃん〟が、みんなと仲良くしてもらうにはっ、なにか、いい事しないとって……！」

目も鼻もずびずびで、わたしは思い切りしゃくりあげる。

アキも、樹ちゃんも八上くんも、みんな黙《だま》った。教室の窓から、外の騒ぎの声が聞こえてくる。


「ごめん」


アキはわたしの肩をつかんだ手に、痛いくらいの力をこめた。

「ごめん。ごめん。ごめん」

涙でいっぱいの真っ赤な目で、わたしを見つめて言う。

「初等部の時の事、りんねがずっと忘れてないの、わかってた」

「アキ」

「うち、あの時ね。りんねがいいコすぎて、まぶしくて。うらやましくてイジワルしたんだよ。そんな自分が、ますます大嫌いで。なのに、りんねのそばにいさせてもらいたいから、なんにも気にしないフリし

てた。りんねより、ずっとずっと、うちが偽善者だ。りんねがいいコでいようとして、無理してんの見ると、うちらがトラウマ作ったせいだよねって、ずっと、毎日、ごめんなさいって思ってた……」

　アキの瞳のふちから、大粒《おおつぶ》の涙がぼたぼたこぼれ落ちていく。

　わたしは……、アキの心の中が、自分が想像してたのとは全然ちがくて。呆然《ぼうぜん》と彼女を見つめる。

　アキは、わたしのそばにいたいって、思ってくれてたの？

　わたしをそばにいさせてくれてるんじゃなくて。

　彼女はいつも、「言いたいコトはちゃんと言いな」って言ってくれてたけど。

「偽善者」っていう悪口に、アキも加わってたとしたら、それは悪口っていうより、むしろわたしのために、無理するなっていう意味で、怒ってくれてたのかなぁ……っ。

「さっきも玲連を消したって疑って、怖がってごめん。りんねがわざとそんな事するわけないの、当たり前なのに、ビックリしちゃったんだ。りんねが一番怖かったよね。

りんねはうちにとって、ほんとに天使だ。でも天使じゃなくても大好き。うちが友達だと思うのを許してくれるんなら、ずっと、一生、友達でいてほしいっ。だから、だからぁっ。りんねが死んじゃうなんて、イヤなんだってばぁ……！」

アキは涙をぼたぼたこぼす。しわくちゃになった真っ赤な顔に、わたしも喉《のど》が涙でつまって、なんにも言えない。両拳《りょうこぶし》を握《にぎ》りしめて、ぶるぶる首を横に振るだけ。

わたしのほうだって、アキたちみんなに、謝らなきゃなんだ。

アキたちはふつうだから、ふつうになれないわたしの事なんか、心から好きになってくれるはずないって思い込んでた。「わたしたち仲良しだね。一緒にいてくれてありがとう」ってニコニコしながら、心の底では、ずっとアキたちからの気持ちを疑い続けてた。

……それが透《す》けて見えてたなら、めちゃくちゃ、気持ち悪かったと思う。

「わっ、わたしもっ。ご、ごめっ、ごめんねっ」

喉を細くする涙を押し分けて、やっとそう言えたとたん。

アキに、ガバッと抱きしめられた。

落っことしそうになった千花を、樹ちゃんがいったん預かってくれた。彼は文房師っていうより、「お兄ちゃん」の顔でほほ笑んでる。

八上くんはそっぽを向いて、居心地《いごこち》悪そうにソワソワしてるのが、なんだか申し訳なくて、ちょっとかわいい。

わたしも両腕でぎゅうっとアキを抱きしめ返した。

あったかい。トットットッて、心臓の鼓動《こどう》の音が、押しつけた耳に響《ひび》く。ガサガサに荒《あ》れてトゲだらけになってた心のひだが、優《やさ》しい手でなでられてるみたいに、少しずつ落ち着いていく。

そういえばわたし、雨に降られたままで、髪も濡れてるんだ。

アキはそれも構わず、わたしのつむじにほっぺたを押しつけて、いつもみたいにぐりぐりしてくる。

わたしは彼女がよくやるその仕草に、泣き笑いだ。

「……アキ。わたし死にたくない。だけど今回だけは、ちょっとだけ無理する。わたし、ふつうじゃないのがずっと悲しかったけど。でも、そのおかげで玲連を助けられるなら、自分のふつうじゃないとこを、ちょっと、好きになれるかもしれない」

「りんね……」

「それにあと一回だけなら、そんな大変な事にはならないよ。わたしは、玲連とアキと桜と、毎日四人で一緒がいい。だから、やる」

言い切ったわたしに、アキは何度も瞬《まばた》きする。初めて会った人を見るような目だ。

そしてゆっくり、両腕をほどいて後ろに下がっていく。

心配してくれる瞳がうれしいなんて、わたし、ひどい？

「樹ちゃん」

名前を呼ぶと、彼はごくりと喉を鳴らし、黙って千花と札を渡してくれた。

わたしは改めて穂先を札に置く。

今ならアキの前だって、胸を張って術を使える！

千花、いっしょにやろっ。

胸いっぱいの熱いものに、気持ちは昂《たかぶ》ってる。絶対に、玲連を助けられるっていう確信がある。

……なのにっ。あれ……っ、体だけが、思いどおりについてきてくれない。

筆を滑《すべ》らせ始めて、「憬」の最初の一画で、ヒュッとチカラを持っていかれた。指先が氷みたいに冷たくなって、軸を持つ感覚も遠くなる。

でも、わたしがここで気絶したら、玲連が帰って来られない……っ！

本物の玲連が、消される直前に言ってた言葉を思い出す。

――特別なのは、自分だけだと思ってるでしょ。

玲連は、わたしが「特別」だから、上から目線で、みんなに何かしてあげてると思ってたのかな。

ちがうよ。わたし、ちゃんと「ちがう」って言いたい。言いたいと思う自分を、もう自分で殺さないから。

玲連、もう一度わたしと向き合い直してくれる？　チャンスをください。

札に走らせる千花に、容赦《ようしゃ》なく体温を奪《うば》われていく。もうすでに〝今日のぶん〟が残ってなかったんだって、先走る千花の穂先を必死に追いかけながら、実感する。

でも、まだっ、がんばる……！

玲連、もどって来て！

全身から冷や汗を噴き出しながら、札を持つ手を無理やり持ち上げる。

「ミコトバヅカイの名において、千花ことほ、」

そこまで唱えた時、足首を、ガッとなにかにつかまれた！

樹ちゃんが文鎮を投げようとして、ピタッとその腕を止める。

わたしの足首をつかんだのは、――床の影から生えた、女の子の手だ。

その手首には、パワーストーンのブレスレット……！

「玲連！」

わたしは急いで彼女の手をつかむ。向こうからも、にぎり返してくれた！

玲連が、自力で影から出てこようとしてる⁉

「玲連、がんばってぇっ！」

彼女の反対の手も、影の中からニョキッと突き出てくる。

アキがその手を取る。樹ちゃんと八上くんも加わってくれる。

そして――、四人がかりで、影の中から玲連を引っぱり出したっ！


どさっ。


わたしは尻もちをついたとたん、すぐにバッと起き上がる。

「玲連！」

目の前に、玲連が座り込んでる！

自分で、チョウの術を解いた⁉　床にあった影のシミも消えてるっ。

彼女は泣きはらして、ぐったり疲れた顔で、取り囲むわたしたちをぐるりと見回し――。とたん、ブワッと涙を噴き出した。

「りんねぇ、わたし、教室の声、ずっと聞こえてたよぉ……っ。『りんねが偽善者』って悪口言い出したの、わたしなんだっ。りんねに霊感あるっぽいのも、みんなが驚《おどろ》くような、カッコいいお兄さんに大事にされてるのも、すごく、うらやましくて……っ。りんねみたいに特別なコになりたかったのに、わたしは、ふつうすぎてっ。特別な事なんてなんにもなかったから、ずっと、別の自分になりたかったぁ！　だから、ヤキモチ焼いてたのっ！」

玲連は両手と両ヒザを床について、唖然《あぜん》とするわたしのところまで這《は》ってくる。

「それなのに、助けようとしてくれたの？　りんね、わたしのせいで、命減っちゃった？　ごめんねぇ……っ。ありがと、ありがとぉ……！」

玲連がわたしの首にすがりついた。

さらにアキも飛びついてきて、そしてなぜか、桜も！

「さ、桜⁉　いつからいたのっ？」

「桜、三人の事、さがし回ってたんだよぉっ。プールにもいないし、グラウンドにも来ないしぃ！　桜だけ仲間はずれにしないでよぉ！」

桜もうるうるした顔で、床にヒザをついてわたしたちを抱きしめてくる。

耳に押しつけられた玲連の、涙に濡れたほっぺたが、やわらかくて、熱い。わたしはズッとハナをすって、よく三人にされてるみたいに、彼女の頭をぽんぽんとなでた。

「玲連。おかえりぃ」

「ただいまぁ……！」

怖かったよぉぉって、大きな声で泣きじゃくる彼女は、ふだんのクールな彼女からは想像もつかない。

でもホントに、暗闇《くらやみ》の中で一晩、怖かったよね。

よかった。みんな無事でよかった……！

千花、手伝ってくれてありがとう。樹ちゃんも八上くんもありがとう。

二人を見上げると、樹ちゃんはもちろん、八上くんまで、ふにゃりと眉《まゆ》を下げて、笑ってる……！

あの〝ハチのほうのハチミツくん〟が、ほんとにハチミツみたいに、細めた瞳をきらきらさせて、甘い笑顔だ。思わず目が釘付《くぎづ》けになっちゃった。

彼はわたしが凝視してるのに気がついて、パッと顔を背《そむ》ける。

「あっ！」

樹ちゃんがいきなり、パンッと両手を打ち合わせた。

みんなでそっちに注目すると――、彼がゆっくり開いた両手の中で、ほのかな白い光が瞬《また》いた。

「さっき気づいたんだけど、チョウが札に変化しようとする時、一瞬だけ、羽がちらっと光るんだ」

教室一面が、きらきら、小さな光で満たされてる……！

チョウたちが急に動きだした。

じゃあ、攻撃してくる⁉

事態がわかってないアキたちは、「なになになにっ」と悲鳴を上げる。

樹ちゃんがわたしたちをかばって文鎮を構えた。でもこんなに取り囲まれて札を飛ばされたら、よけられるワケないっ。そんな量の札じゃ、どんな字だって、もう書き換えられないよ！

とたん、八上くんが窓ぎわに走った。

彼は自分の机に飛びつき、中に手を突っ込む。

「これ！　おまえたちの本体なんだろ⁉」

彼が片手で掲《かか》げたのは、一枚の和紙。なんにも模様のない、ただの真っ白い紙。

……だ、だけど、机の中で教科書に潰《つぶ》されてたんだ。蛇腹《じゃばら》折りしたみたいに、シワくちゃになってる。

わたしは、樹ちゃんのこめかみに青筋が浮かぶのを、目撃してしまった。

「オレ、この紙が本体だって知らなかったんだ。これ、ちゃんと大事にするからっ、だから――、」

八上くんが、見えないチョウたちに語りかける。その声は、わたしたち人間としゃべる時とは全然ちがう、優しい色だ。


「友達になりたい」


彼の目の前で、チラッと白い光が瞬いた。

鼻の頭にとまったチョウが、澄《す》んだ光のシルエットになって浮かび上がる。

そしてパタパタと羽を震わせた。

光の加減？　それとも、チョウがわざと姿を見せてくれた？

きっと、「いいよ」って返事してくれたんだ。

「やった！」

八上くんが歯を見せて笑う。

すると教室中を飛び交うチョウたちが、一斉《いっせい》に輝き始めた。

「すごい……、きれい……」

まるでスノードームの中にいるみたい。

きらきら、きらきら、光が瞬く。

そっと指を伸《の》ばしてみたら、チョウがとまってくれた。

樹ちゃんも啞然として、自分の鼻先をかすめたチョウを目で追ってる。アキたちも、あんぐり口が開いちゃってる。

夢みたいに美しい光景だ。

光の中で、わたしは八上くんと視線を交わし、初めて、ふふっと笑い合う。

勝手な思いこみかもしれないけどね。

わたしまで、八上くんと友達になれたような気がしたんだ。

9 新しい毎日へ

泥《どろ》まみれの制服からジャージに着替《きが》え、術を使った後のフラつきが落ち着くのを待ってから、こっそり、グラウンドの避難《ひなん》集合にまざった。

クラスのみんなは大興奮で、今日の事件について推理を語りあってた。プールで気絶者が続出したのは、毒ガスがまかれてたんじゃなくて、「未来さん」がなにかしたんじゃないか。倒《たお》れた人たちが、救急車からプールに瞬間《しゅんかん》移動するなんて、ふつうじゃない事が起きたのが、その証拠《しょうこ》だよ——って。

結局は、なにもかも「原因不明」のまま、午後の授業は中止。集団下校の早帰りになっちゃった。

わたしも樹《いつき》ちゃんも、八上《やがみ》くんと話したい事がいっぱいある。

こっそり地区班の集まりから抜《ぬ》けて、書道部の部室に移動した。今《いま》ごろ、アキたちが地区班の人数が足りないのを、ごまかしてくれてると思う。

わたし、いつもの仲良しとは、もう一緒《いっしょ》にいられなくなっちゃうのかなって、怖《こわ》かったけど。

がんばって、がんばれてよかった。逃《に》げなくてよかった。自分の心からも、アキと玲連《れれん》の気持ちからも。

さっき、彼女たちの目を正面から見て、心から思いっきり笑えた自分が、すっごくうれしかった。

備品のマグカップを棚《たな》から出して、三人分のココアをいれる。

「つまり紙の精は、本体がズサンなあつかいをされてたから、不愉快《ふゆかい》で怒《おこ》っていたんだよね？　全部きみのせいじゃないか。とばっちりで札を貼《は》られた玲連さんが、かわいそうだ」

「紙の精だって知らなかったんだから、しょうがないだろ」

「自分で漉《す》いた紙をこんな風にするなんて、その時点で、二十四時間説教モノだよ。本来なら、奥の院か神社でお祀《まつ》りするような格の紙を、こんな風に机につっこんで、シワだらけにするか？」

もしかしてチョウは、玲連が邪気《じゃき》を吐《は》きがちだったから、八上くんを守ろうとしたのかな。影《かげ》にして消そうとしたけど、生まれたてで力をコントロールできず、一枚目の札はニセモノができちゃったとか？

樹ちゃんは書道部の備品を使って、「紙の精の本体」を修復中だ。

文房師《ぶんぼうし》の文房四宝愛はすさまじいから……、激怒《げきど》しても、しかたないよね。

でも、さっきは「この紙を破ろう」って言い出したんだから、本当に、わたしの命を一番大事にしてくれる覚悟《かくご》でいるんだなぁって、あらためて、ビックリしちゃった。

樹ちゃんは、きれいに拭《ふ》きあげた木の板に、シワくちゃの和紙を広げ、ハケでたっぷりの水をふくませていく。表面をけば立たせないようにって、彼の指先は、丁寧《ていねい》で、優《やさ》しくて、正確だ。

職人さんの手つきに圧倒《あっとう》されて、覗《のぞ》き込むわたしたちまで呼吸が止まっちゃう。

「持って帰る時は、絶対に、他《ほか》のどこにも触《ふ》れさせないで。両手でそのまま支えて帰って」

このまま貼っておけば、きれいにシワが伸《の》びるそうだ。

「……ハイ」

八上くんは神妙《しんみょう》に板ごと受け取る。その周りでチラチラ光が舞《ま》ってるのは、チョウが喜んでるのかな。

ハチミツフェイスな彼の周りが輝《かがや》いてると、勝手に少女マンガみたいな光景になっちゃって、ちょっとおもしろい。

「これで、とりあえず一件落着かな？　ね、りんねちゃん」

「うんっ」

ハケを置いたら、凜《りん》とした職人さんの横顔から、いつもの樹ちゃんにもどった。

わたしたちは部室の窓から、こっそり外の通りを覗《のぞ》いてみた。

まだ制服の行列が、ぞろぞろと連なってる。あんまり部室に長居してると先生にバレちゃいそうだけど、外に出るのは、もうちょっと人の波が落ち着いてからのほうがよさそうかなぁ。

八上くんも同じ事を考えたのか、手近なイスに腰《こし》を下ろした。

樹ちゃんはタメ息まじりで、ハケを棚にもどす。

「それにしても、信じられない事ばっかりだ」

「ばっかりって？」

「うん。文房師でもない八上ミツが、紙の精を生めたのが、一つ目。四宝の精が、ミコトバヅカイでもない八上ミツに従ったのが、二つ目」

「従ったんじゃなくて、友達になったんだ」

ツッコむ八上くんを、樹ちゃんはスルーする。

「三つ目は、玲連さんが、紙の精の術を、自力で破れた事。四つ目は……、」

「紙の精の、透明《とうめい》な札？」

指折り数えた樹ちゃんは、わたしに深くうなずいた。

「やっぱり、ああいう札は、文房師さんでも初めて見たんだね」

「うん。ぼくたちが作る白札か、マガツ鬼《き》の黒札しか、見た事も聞いた事もないよ。……文房師じゃない人間が生んだ精霊《せいれい》だから、これまでの常識が通用しないのかな。透明な札の効果も、白札黒札となにがちがうのか、わからないよね」

樹ちゃんは考え考え語る。

わたしは思いついて、テーブルごしに身を乗り出した。

「――あ！　あのねっ。透明札の事で、わたし、一つ気づいたかもっ。たぶんだけど、人に札が貼りついた後も、意味がどんどん変化していくんじゃないかな」

樹ちゃんも、全然興味なさそうだった八上くんも、こっちを向いた。

「基本、白札はいい意味で働いて、黒札は悪いふうに働くよね。でも、透明札はどっちの色にも揺《ゆ》らぐから、透明？　ええと、貼られた人の心が変わると白にも黒にもなれる、未知数の札――とか」

わたしの思いつきに、樹ちゃんはすっごくゆっくり、瞬《まばた》きをした。

そのぽかんとした表情に、急に恥《は》ずかしくなっちゃった。やっぱり見当外れなんだ。

「ご、ごめん、忘れてっ。ちがったよね」

「う、ううん。いや、それが正解かも。玲連さんには何度も、『影』の札のせいだろうって思うような事が起こった。それも、毎回『影』のちがう意味の効果で。すごく不自然な気がしてたけど、チョウがしつこく、何枚も同じ字の札を貼りに来てたんじゃなくって、――最初の一枚が、ずっと変化し続けてたんだとしたら、わかりやすいよ」

「う、うん！　やっぱりそうっ？　心霊写真とニセモノと、玲連が影になって消えたのも、全部一枚の影だったんだ。それに……いつもクールな玲連が、急に感情をむき出しにしたのも、『外に現れていない部分』の意味で、いつも外に出してなかった気持ちが、表に出たのかも？」

「玲連さんの本心の変化につられて、『影』の意味が変わっていったんだね」

樹ちゃんは腕《うで》を組んで考え込む。

そうだとしたら。「影《ニセモノ》」ができたのは、チョウが一枚目を失敗したんじゃなくて、さっき玲連が、「ずっと別の自分になりたかった」って言ってたから、その気持ちに影響《えいきょう》された？

教室で黒いシミみたいな「影」になったのは、わたしとケンカしてる時、だれからも見えないところに消えちゃいたい……みたいな気持ちになってたからなのかな。

チョウは玲連が邪気を吐く心の「影」を書き換えたけど、どう変わるかは玲連しだいだったんだ。

だけど最後は、自力で「影」から脱出《だっしゅつ》したんだもん。

彼女をぎゅっと抱《だ》きしめた時のぬくもりが、まだ腕に残ってる気がする。

わたしはココアにハチミツをたっぷり入れる。八上くんも使うかなと思って、ボトルを差し出したら、眉間《みけん》にシワを寄せて押し返されちゃった。

「――あ」

樹ちゃんが、なにか思いついたように口に手を当てた。

「りんねちゃん。信じられない事の、三つ目だけど。玲連さんは、自力で術を破ったんじゃないのかも」

「え？」

「彼女が影から出てきた時、あのタイミングでも、『影』の意味が、変わってたのかもしれないよ。玲連さんは、りんねちゃんたちの声が聞こえてたって言ってたよね。そのおかげで、心が『光』を取りもどして――、札の意味もつられて変化した」

「そ、そっかぁ！」

わたしは大興奮で、思わず立ち上がる。

「『影』の字には、『光』とか『輝き』っていう意味もあったもんね！」

「そうっ。『月影』や『火影《ほかげ》』の意味は、暗い所じゃなくて、『光』の事だから！」

玲連の心が変わったから、札の意味も、「光」のほうに意味が変わって、玲連の心を輝かせ――、そして「影」から解放された。

わたしは樹ちゃんと興奮した顔を見合わせ、同時に「うんっ」と大きくうなずいた。

窓の外を眺《なが》めてた八上くんは、呆《あき》れたような息をつく。

「……幼なじみってかんじ。で、藤原《ふじわら》って、また今回みたいに戦ったりすんの？」

「え、わ、わたし？　その予定は……ないよ、ね？」

樹ちゃんをうかがうと、彼はにっこり笑ってうなずいた。

「うん、ないよ。人間が生むマガツ鬼は、いちいち術で倒して回っていたら、主《あるじ》さまの身が持たない。お役目でも、なるべく自然に任せる事にしてて、柏手《かしわで》で邪気を散らすくらいに止《とど》めてるんだ。今回は規模が大きすぎたから、りんねちゃんに力を貸してもらったけれど」

なら、わたしの出番はここまでなんだ。

もしまた教室に邪気が溜《た》まってきたら、千花《せんか》を使わなくても、わたしが柏手を打てばいい。

……できるかな。アキたちがわかってくれるなら、できる気がする。

わたしは自分の両手を見つめた後で、樹ちゃんに目をもどした。

「樹ちゃんは、また三重に帰っちゃう？　いつまでこっちにいられるの？」

「こっちで中学を卒業するよ。三年の十二月じゃ、もう、残り三ヶ月もないけど。長《おさ》のオッケーももらいました。『いいよー』って、ついさっき」

「!?」

驚《おどろ》くわたしと八上くんに、樹ちゃんはニコニコ。

さっき電話して来るって席をはずしたのは、その相談だったんだ……!?

彼は笑ったまま、八上くんには鋭《するど》い視線を投げる。

「きみの友達になったっていう、紙の精。無理に里に連れ帰るのは、精の怒《いか》りを買いそうだからしないけど。もしも鬼《おに》に堕《お》ちたら、大マガツ鬼になる。そんな恐《おそ》ろしい事が起こったら、りんねちゃんは責任を感じて『自分が倒す』って言いそうだし、文房師《こっち》も手の打ちようがないもの。

つきましては、ぼくが主さまのパートナー、兼《けん》、八上ミツと紙の精の『見守り役』に、任命されました」

「げっ……」

「しっかり見張ってやるからな。おまえを」

穏《おだ》やかなのは皮一枚だけの笑顔《えがお》の迫力《はくりょく》に、わたしたちはヒュッと身を縮める。

樹ちゃんが、見守り役。犬猿《けんえん》の仲に見えなくもないんだけど、だ、大丈夫《だいじょうぶ》、なのかなぁ……。

しばらく固まってた八上くんは、修復された和紙に目を落とした。

「ちゃんと大事にするから、別に、見張りなんていらない」

その真剣《しんけん》な声色《こわいろ》の言葉は、きっと本当だ。

八上くんはそっけないけど、優しい人だって知ってるから、わたしも信じられる。

また彼の周りの空気が、ちらちら瞬いた。紙の精も喜んでるみたい。仲良しでうらやましい。

「ミツ。その本体がしっかり乾《かわ》いたら、学校に持って来て。ちゃんと札に仕立ててあげるから。きみのためじゃなく、紙の精のために」

「あんた、なんでオレにチクチクすんだよ」

「きみが、ぼくの主さまに無礼を働いたからだろ？」

文房師の視線を受け止めきれなかった八上くんは、微妙《びみょう》に目を泳がせた。

「……クラスの男子たちと同じだな。どうせ、藤原に近づくヤツを牽制《けんせい》したいんだろ」

ボソッとつぶやかれた言葉に、わたしはきょとんとして、樹ちゃんはニッコリと笑みを深めた。

「──それは一体どういう事か、教えてくれる？」

「藤原がオレの事を好きだって勘違《かんちが》いしてるヤツらがいて、『みんなの〝天使〟に、抜け駆《が》けすんな』とか、めんどくさい事言ってくんだよ。オレが『ヤガミ』って苗字《みょうじ》だってだけで、教室で名前呼ばれるたびに、藤原がチラチラ見てくるから。こっちは大迷惑《めいわく》だ。オレは〝初恋《はつこい》の樹チャン〟じゃないっつの」

わたしはサーッと血の気が引いて青くなり、でもすぐに、今度は下からサーッとのぼせて赤くなった。

「わっ、わあああ、ひどいよぉ！　八上くん、そんな話、だれから聞いたの⁉」

「クラスのヤツらが話してた」

「ちがうちがうっ、樹ちゃん、ちがうからね⁉」

彼に飛びついて口をふさごうとしたはずみに、ヒジがテーブルに当たった。

マグカップが傾《かたむ》いて、紙の精の和紙に向かって、た、倒れる⁉

だけど、樹ちゃんがパシッとカップをつかみ止めてくれた。

「よ、よかった……っ。あああありがとう、樹ちゃん」

「うん、いや、うん」

樹ちゃんは手もとに視線を落としたまま、珍《めずら》しくわたしと目を合わせない。

そのカップを置きなおす手の甲《こう》が、ピンク色に染まってるのを目撃《もくげき》してしまって、わたしのほうも大あわての心臓が、なおさら疾走《しっそう》する。

わたしもうつむき、樹ちゃんもロボットみたいな硬《かた》い動きで座りなおす。

「――で、藤原」

八上くんがイスの上で体の向きを変え、わたしと向かい合った。

「あっ、ハイ！　なぁに？」

この気まずい空気を断《た》ち切ってくれる⁉

期待して待つけど、彼は口をへの字に曲げて、黙《だま》っちゃった。

…………………………………………………………………………。


八上くんの周りで、応援《おうえん》するようにチョウが光を瞬かせる。

わたしはヒザに手を乗せて、彼が言葉を発するのを待ち続ける。

時間が経《た》つにつれ、樹ちゃんの眉間には、けげんそうな深いシワが刻まれていく。

「……矢神サンは、藤原の〝お役目〟っていうののパートナーなんだろ？　それ、オレもなれるかな」

バリッとなにか砕《くだ》ける音がしたと思ったら、樹ちゃんが指を引っかけてたマグカップの取っ手が、わ、割れ取れてる……！　樹ちゃん、握力《あくりょく》すごいんだねぇっ⁉

「な、なんで？　わ、わたしの、パートナー？」

「なんでって……。また鬼と戦うハメになったら、役に立てそうだから」

八上くんは目を四方八方に泳がせつつ、ビックリするような事を言う。

「オレは正直、おまえの事、今日まで嫌《きら》いだった。オレと同じほうなのに、それを隠して、ウジウジして、周りに合わせてごまかしてばっかだって、見てるだけでムカついた。人間関係なんて、さっさとあきらめればいいのに、未練たらしいとも思ってた」

「——おい」

樹ちゃんが低い声を出す。

「でも。今日の藤原を見てたら、入江《いりえ》たちとうまくいってて、……オレもちょっと、あきらめなきゃよかったかなって、うらやましくなった」

彼はそこまで言い切って、樹ちゃんを黙らせた。

大きな瞳《ひとみ》が真剣な光を宿して、わたしをまっすぐに見つめる。

「オレたちは、同じ世界が見える、貴重な仲間なんだろ。だから、藤原が危ない術使いまくって、命削《けず》るってのは……、オレにとってもマイナスだから、まぁそういうワケ！」

八上くんはだんだん早口で語り、最後に、初めて聞く大きな声。そして顔を片手で覆《おお》っちゃった。

表情はまったく見えなくなっちゃったけど、もしかして、照れてる……？

わぁぁっ。わたしまで、またおでこが熱くなるっ。

「あ、ありが、」

「悪いけど、ミコトバヅカイのパートナーは、一人って決まってるんだ」

お礼を言おうとしたわたしの言葉を、外の十二月の風より冷ややかな声が、ピシッとさえぎった。

「りんねちゃんのパートナーはぼくだ。だいたいきみは修行《しゅぎょう》もしてないのに、主さまを守れるとでも？」

「『一人だけ』って決めたのは、ブンボーシってヤツらの団体？　オレはそことは無関係だから。ていうかあんたたちだって、なんかあった時に、紙の精が手助けしてくれたら、すごく助かるだろ」

八上くんは同意を求めるように、わたしをにらむ。

「ハ、ハイ！」

「だろ。このチョウ、友達《オレ》のたのみなら聞いてくれるって」

すると一斉《いっせい》に、彼の周りで澄《す》んだ光が、ちらちらピカピカ。「そうだよ」って言ってるみたい。

「おまえ……っ、おれがやっと手に入れたポジションを、横取りするつもりか」

樹ちゃんはとうとう堂々と、〝きみ〟が〝おまえ〟に、〝ぼく〟が〝おれ〟になっちゃった。

「ま、待って。樹ちゃんがいてくれないと、わたし、お役目できないよっ。千花のメンテナンスもできないし、札も墨《すみ》も硯《すずり》も、わたしじゃ用意できないもんっ。で、でも、八上くんと紙の精が仲間になってくれたら、ますます心強いっ。……その、わたし、仲間とか……あこがれてたし」

モモお姉ちゃんたちみたいで。

樹ちゃんはきれいな顔面をぎゅううっとしかめて、苦渋《くじゅう》のうめきをもらす。

「パートナーは、分業制の二人体制ってこと……？　ぼくは嫌《いや》だよ」

「嫌って言っても、あんたの許可を取る必要ない。オレはブンボーシじゃないから」

「だいたいきみは、年長者に対する礼儀《れいぎ》とか、学びなおしてきたらどう？」

「矢神センパイ、ドーゾヨロシクお願いシマス」

「ヨロシクされない」

「ヨロシクされなくても、オレには関係ない」

「あのなぁ、」

「やっぱそっちが素《す》なのか？　藤原の前で猫《ねこ》かぶんのやめたら？」

「ぼくが厳しいのは、りんねちゃんに無礼なヤツにだけだ」

二人はだんだんおでこを近づけて、至近距離《きょり》からにらみ合う。

「あ、あのね。わたし、気持ちを変に隠すのは、もうやめる。だから、思ってる事、そのまま言ってもいい？」

樹ちゃんは「もちろんっ」と笑顔でうなずき、八上くんは鼻を鳴らして、「聞いてやるけど」って。

わたしはすぅぅっと大きく息を吸い込んで、ちっちゃい時以来の、大きな声で言う。

「ケンカはやめて、仲良くしてください！」

留守番電話のメッセージを聞いた匠《たくみ》くんが、ひどく青ざめた顔で再生停止ボタンを押す。

ひふみ学園に大マガツ鬼が現れたかも、と聞いたわたしたちは、学園は樹くんに任せて、元お役目仲間集結で、手分けしてあちこちを捜《さが》し回っていたんだ。

だけど手がかりもないまま、いったん工房《こうぼう》にもどってきたら、その樹くんから電話が入ってた。

わたしと万宙《まひろ》くんも、横から録音メッセージを聞いてたんだけど……。

「大マガツ鬼だと思ったのは、赤ちゃんの〝紙の精〟だったんだね」

「驚いたな……」

りんねちゃんが、千花を取って戦った。

その一言に心臓がギュッとしたけど、彼女が無理をしそうになった時に、友達が自分でもどってきてくれて、危ないラインを越《こ》えずに済んだって。ホントによかった……っ。

樹ちゃんはりんねちゃんをおうちへ送ってから、工房《こっち》に帰ってくるそうだ。

わたしは大きな息をついて、ソファに座り込んじゃった。

大事な「妹」に、命を削るような事はしてほしくない。代われるなら、わたしが代わりたいくらいだけど。……わたしはもう、術を使えないから。

「ヤバい敵じゃなかったなら、りんねはだいじょぶそ？　そしたらオレ、もう帰るわ。仕事ぬけて来たんだよね」

「万宙、助かった。またな」

「万宙くん、ありがとう！　また改めて、集まろうね」

わたしも立ち上がりかけたら、「モモはそこでいーよ」って、リビングの戸口から手を振《ふ》られちゃった。

匠くんは、万宙くんを玄関《げんかん》まで送ってきてから、となりにドサッと腰を下ろした。そして上着も脱《ぬ》がず、考え込む顔つきだ。

わたしはその難しい横顔を、そうっと覗き込む。

「……万宙くんの話だと、その八上ミツくんって、見た感じ、ふつうのコだったたって言ってたね」

「な。しかし、ふつうか……。おれも会ってみたかった。紙漉き体験は、樹に譲《ゆず》らないで自分で行くべきだったな。まさか、まったくの素人《しろうと》が紙の精を生むなんて」

匠くんが、めったにない大きなタメ息をついた。

今までずーっと、「精霊が宿るような紙を作る」って、試行錯誤《さくご》してくれてたんだもの。それは……、ショックだよね。

すぐそばで彼のがんばりを見続けて、彼の試作品を使わせてもらって、あれこれ一緒《いっしょ》に考えてたわたしも、やっぱりショックだ。

「〝八上ミツ〟、苗字の音もかぶってるし、お役目の歴史と無関係だとは思えないんだけどな。一件落着でも、八上家については、引き続き調査してもらうか」

「そうだね。そのうち里長《さとおさ》さんが直々に、わくわくしながら調査に来そうだけど」

「ほんとだな」

ちょっと笑った匠くんが、またすぐ考え込む瞳になっちゃう。

「……おれはずっと、精霊が宿る四宝は、非の打ち所がない完璧《かんぺき》な作品だと思って、技《わざ》を磨《みが》いてきた。でも、八上ミツの話を聞くと、荒削《あらけず》りでも、魂《たましい》を丸ごとぶつけてたんだろうな。その紙には、鬼気迫《ききせま》るような感があったって、樹が言ってた。……とはいえ、おれだって魂をこめてない作品なんて、一つもないぞ。やっぱりそいつには、なにか秘密があるんじゃないかな」

わたしは彼の言葉を、取りこぼさないよう、うなずきながら耳を傾ける。

——と、匠くんはふと我《われ》に返ったようにわたしを見て、パッと耳を赤く染めた。

「すまん、愚痴《ぐち》った」

「ううん。わたしだってくやしいよ」

匠くんは抱《かか》えたクッションにおでこをうずめて、ハーッと大きな息をつく。そして仕切り直すように顔を上げた。

「その紙の精、いつか里に連れて行きたいな。奥の院で祀ってる四宝に会わせてやりたい」

「うんっ。桃花《とうか》も、きっと喜んでくれるよね」

わたしたちは顔を見合わせ、そろって笑う。

「ね。匠くん、漢字うんちく話していい？」

「どうぞ？」

改めてどうしたんだって顔で、きょとんと見下ろされちゃった。

「『魂』って、『鬼』の字が入ってるよね。『鬼』って、トラ柄《がら》パンツの鬼の他にも、『死んだ人』とか『幽《ゆう》霊《れい》』って意味もあるけど。『並外れた』とか、『ふつうとはちがう』の意味もあるでしょ？　『魂』がこもってたっていう、そのコの作品は、たぶんそっちの意味の、『鬼作』って言われるようなものだったんじゃないかな」

だから──、と、わたしは正面から匠くんと向かい合った。

「精霊を生むのに、この世のもの全部がどうでもいいくらいの、『鬼』みたいな執念《しゅうねん》が必要なら。わたしは、匠くんには、そうならないでいてくれて、よかったなって思っちゃった。……ごめんね」

わたしの言葉を受けて、匠くんが目をゆっくりと瞬かせる。

五年前、わたしはわたしで、我を押し通してお役目をやりきらせてもらったのに。匠くんには「鬼」にならず、変わらずにいてほしいなんて、ズルいよね。

その「ごめん」を伝えたくて、彼の頭を、腕を伸ばして抱き寄せた。

「モ、モモ」

ふだんわたしから抱きしめたりしないからか、匠くんは、また耳が真っ赤になっちゃった。

しばらく腕の中で大人しくなってた彼は、顔を上げて、ほのかに笑った。

「……守るものがある時点で、精霊が宿る『鬼作』は作れないなら。おれは、これでいいんだ。今が大事だから、今のままがいい。初等部の頃からずっと、おれはモモのとなりにいる事が第一で、それは今も変わらない」

「匠くん」

「おれはどうあがいたって、『鬼』にはなれない。おれの『魂』は、直毘《なおび》モモに、とっくの昔に捧《ささ》げてるから」

彼はわたしの両手を恭《うやうや》しく捧げ持つ。

薬指の婚約《こんやく》指輪が、きらっと光った。もらったばかりで、まだ自分の指にはまってるのに慣れないそれに、一緒に目を落とす。

くすぐったい気持ちになって、どちらからともなく、おでこをこつんとぶつけた。

「……でも、まだ〝最高の紙作り〟は続けるんでしょ？」

「そりゃな」

「やっぱり負けず嫌いだ」

二人で笑った、――そのタイミングで！

下を向いた視界のはしっこ、リビングの戸口に、スリッパの足が見えたっ。

「い、樹くんっ！」

匠くんから飛び退《の》いたわたしは、ソファから落っこちそうになって、危《あや》ういところで彼に抱《だ》き止められた。

その匠くんも、「おまえ、いつからっ」とうめく。

「ご、ごめんなさい～。おジャマかなと思って、気配を消して通り過ぎようと思ったんだけど……」

樹くんは苦笑いで、小走りに横を通りすぎていく。そして奥の部屋へ入る前に、こっちを振り向いた。

「匠兄。モモさまがこっちに引っ越《こ》してくる前に、ぼくはちゃんとどこかに移るつもりだから、ご心配なくね」

樹くんはすっかりオトナになっちゃった顔で、にっこり。

静かに閉まっていくドアに、すっかりオトナになったはずのわたしたちは、中学生の時みたいな真っ赤な顔で、どさっとソファに倒れ込んじゃったのでした。

あとがき

こんにちは、あさばみゆきです。はじめましての皆も、前シリーズから追ってくれてる皆も、この本でお会いできて、めーっちゃ幸せですっ。まずは皆に、心からありがとう！「主さま」となった主人公「りんね」が、漢字バトルと謎解きに奔走する、このお話。楽しんでもらえてたら、ますます幸せで〜す！

イラストをご担当くださった、市井あさ先生。先生のイラストで「いみちぇん!!廻」の世界を創っていただけた事が、うれしすぎて……！　りんねたちのかわいくてカッコよくて輝くような姿を見られた時は、号泣でした。市井先生、本当にありがとうございました!!

そして今作は、立ち上げからご一緒してくださった大場師匠、完成まで導いてくださった湯浅師匠、お２人の編集担当さんが支えてくださいました。一緒に悩み笑いトキメキながら、共にお話を創らせてもらえて、とてもとても幸せです！

このお話の世界観は、作中にも登場したモモと匠が活躍する「いみちぇん！」（角川つばさ文庫・全19巻）・「いみちぇん!!」（つばさBOOKS・全１巻）を継いでいます。

このお話から読み始めてくれた皆は、ぜひ先代主さまたちのお話も手に取ってみてね☆　りんねやちーちゃん、樹たちも登場するよ！（※前作から読んでくれてる皆は、ちぃくんの歳に「あれ？」と思ったよねっ。実はりんねの誕生日で矛盾が発生し、今作を機会に調整させてもらいました。ごめんなさい……！）

この後、りんねをめぐって２人のパートナーがバチバチ……って、大変なコトになっちゃいそうだね!?　ミツのふしぎも明かされそうな続きのお話は、2025年春ごろ発売予定です。
ぜひ、つばさＢＯＯＫＳ公式Ｘや、私のＨＰをチェックしてね☆
(https://note.com/asabamiyuki)

次のお役目に挑むかもしれない（!?）りんねたちを、よかったらお手紙や公式ＨＰのコメント欄などで、応援してあげてください！

それでは、また②で会えたらうれしいです。みんなと新たな物語をスタートさせられた奇跡に、超幸せなあさばでした♡

皆に「終天」の感謝を……！